KB012349

알베르
카뮈를
읽다

세계문학을 읽다 2

알베르 카뮈를 읽다

박윤선 지음

머리말

미루지 않는 삶이 있을까. 어제의 나는 오늘의 나에게, 오늘의 나는 내일의 나에게 자주 무언가를 미루며 살아간다. 우리가 미룬 미래에 최종적으로 우리를 기다리고 있는 것은 무엇인가? 그것은 죽음이다.

우리는 죽음이라는 인생의 새드 엔딩을 미리 알고 있다. 엔딩만이 비극적인가? 인생은 우리에게 살아남을 것을 요구한다. 우리는 살아남기 위해 학업, 직장, 결혼, 육아와 같은 산을 끝없이 넘고 넘어야 한다. 지금도 우리는 어떤 산 중턱을 오르고 있을 것이고, 오르내리기를 반복한 끝에 죽음으로써 멈추어 서게 될 것이다. 죽기 위해 살아남아야 하는 인생은 부조리하다.

지병으로 인해 죽음의 그림자가 항상 가까웠던 카뮈는 부조리한 인생 앞에 멈추어 질문한다. 왜 자살하지 않는가? 이것이 그가 일생을 통해 묻고 대답했던 화두이자 우리에게 문득 찾아오는 미룰 수 없는 질문이다.

카뮈는 그의 작품을 통해 부조리 앞에 선 인물들을 소개한다. 《이방인》에서는 뫼르소라는 인물이 어머니의 장례식에서 눈물을 보이지 않았기 때문에 사형을 당해야 하는 죄인이 된다. 인생의 극심한 부조리가 몰아칠 때 뫼르소가 어떤 선택을 하는지 우리는 흥미진진하게 지켜보게 될 것이다. 《페스트》에서는 도시를 죽음으로 몰고 가는 페스트라는 부조리와 만나게 된다. 코로나19를 떠올리게 하는 상황에서, '혼자만 행복한 것은 부끄러운 것'이라는 말이 지닌 힘과 감동을 느낄 수 있다. 《전락》에서는 부조리한 세상을 살아가는 인간이 자신의 부조리함을 직면한 뒤 겪는 내면의 소리를, 〈칼리굴라〉에서는 부조리를 부조리로 극복하려는 황제의 절규를 들려준다. 또한 〈오해〉에서는 진실을 숨기고 서로를 기만하다가 모두가 비극으로 치닫는 부조리한 이야기를 듣게 될 것이다.

부조리의 대명사 카뮈는 마치 불의에 맞서 싸우는 전사를 연상시키지만, 작품에서 느껴지는 그의 숨결은 그것보다 더 매력적이다. 그는 세상이 부조리하다고 심각하게 외치지만 그것을 해결하려 들지는 않는다. 부조리에 반항할 것을 요구하지만 한계를 넘지 말 것을 경고한다. 무엇 하나 손쉽게 넘겨짚지 않는 그의 생각은 날카로우면서도 섬세하고, 뜨거우면서도 냉정하며, 복잡하면서도 단순하다. 그의 숨결을 가까이서 느끼는 방법은 무엇보다 그의 작품 그 자체와 만나는 것이다. 이 책은 작품을 읽은 독자와 지금 이 글을 쓰고 있는 필자가 카뮈와 삼자대면하여 즐거운 대화를 여는 장이 될 것이다.

이제야 조금은 알 것 같던 세상이 금세 낯선 얼굴을 하고 우리를 배반할 때. 주제넘고 배은망덕하며 오만하고 무례한 인간들의 속내를 발견할 때. 왜 자살하지 않는지에 대하여, 왜 인간이라는 개별자를 향해 다시 마음을 열고 연결되어야 하는지에 대하여, 카뮈는 우리에게 말을 걸어오고 있다.

차례

머리말 4

01 알베르 카뮈의 삶과 작품 세계 8

02 알베르 카뮈 작품 읽기 36

이방인 / 시지프 신화 38
페스트 76
전락 108
칼리굴라 130
오해 146

Ø1

알베르 카뮈의 삶과 작품 세계

1. 알제리와 가난

알베르 카뮈는 1913년에 태어난 프랑스 출신의 작가다. 하지만 그의 유년 시절은 아프리카 대륙의 한 작은 농가에서 시작된다. 카뮈의 가족은 프랑스의 식민지인 알제리로 이주한 노동자 계급으로, 식민 자본을 착취하며 부를 늘리던 식민 자본가들과는 달리 비참한 월급을 받아 생활하던 소시민들이었다. 엎친 데 덮친 격으로 그가 태어난 지 1년 만에 제1차 세계대전이 발발하는데, 아버지 뤼시엥 오귀스트 카뮈(Lucien Auguste Camus)는 전쟁에 징집되어 그곳에서 전사한다. 어머니 카트린 엘렌 생테스(Catherine Hélène Sintès)는 선천적으로 귀가 잘 안 들리고 말도 어눌했던 여인으로, 남편이 죽자 자신의 친정어머니와 함께 빈민가에 살며 가정부 일을 통해 두 아들을 힘들게 키워낸다.

'어머니'라는 세계에서 카뮈는 이 세상의 고독을 맛본다. 낯선 땅에서 남편을 잃고 힘겨운 노동으로 가난하게 살아가던 어머니는, 죽지 않을 정도의 미약한 생명력과 침묵만을 그에게 보여줄 뿐이다. 그녀는 아무 말 없이 그저 앉아 있다. 그녀는 아이들을 사랑하지만 그 사랑을 표현할 줄 모르는 사람이었다. 침묵하고 있는 어머니 옆에서 어린 카뮈는 우두커니 서서 어머니를 바라보고만 있다. 그는 어머니의 이상한 무관심으로부터 세상의 거대한 고독을 느낀다.

아이의 어머니 역시 침묵을 지키고 있었다. "무슨 생각을 하고 계십니까?"라고 물으면 "아무것도 아니야."라고 대답할 것이다. …… 그녀의 삶, 그녀의 관심사, 그녀의 자식들은 그저 거기에 있을 뿐이며, 너무 자연스러워서 느낄 수가 없었다. …… 그녀는 오랫동안 슬픔을 느끼지 못했다. …… 그녀는 자식들을 키우기 위해 일을 하고, 번 돈을 친정어머니에게 주었다. …… 그녀는 자식들을 사랑하지만 그들에게 그 사랑을 결코 드러내지 않았다. …… 그는 어머니를 사랑하기 때문에 가엾게 여겼지만, 그녀는 그것을 몰랐기 때문에 그를 한 번도 쓰다듬어 주지 않았다.

그녀는 아무 생각도 하지 않는다. 밖은 불빛과 소음, 안은 깜깜한 침묵뿐이다.

이 이상한 어머니의 무관심! 나에게는 세상의 거대한 고독과도 같다.

–〈안과 겉〉에서

카뮈는 10대 시절부터 생계 전선에 뛰어들었으며, 그의 가족들은 노동자가 되어 집안에 보탬이 되기를 바랐다. 그러나 그의 재능을 알아본 초등학교 담임 루이 제르맹(Louis Germain) 선생님은 그의 할머니를 끈질기게 설득하여 그가 중등학교에 입학할 수 있도록 돕는다. 훗날 카뮈는 자신을 문학의 세계로 인도하는 데 결정적인 역할을 한 루이 제르맹 선생님에게 노벨 문학상의 영광을 바친다. 장학생으로 알제 공립 중학교에 입학한 카뮈는, 전차를 타고 학교에 다니며 전혀 다른 세계와 만나게 된다. 빈민가와는 다른 풍경, 부유한 집안의 친구들, 글을 읽을 줄 아는 사람이라고는 없는 집안의 분위기……. 카뮈는 이곳에서 '가난'과 직접 대면하게 되는 것이다.

2. 지중해의 빛

자신의 삶을 둘러싼 가난을 카뮈는 부끄러워하고, 그것을 부끄러워하는 자신을 부끄러워하기도 한다. 그러나 어둡고 고요한 가난의 공간을 위에서 내리쬐던 '지중해의 빛'을 자양분 삼아 그는 밝고 활기찬 공간으로 나아간다.

무엇보다도 나는 가난 때문에 불행하다고 생각한 적은 없다. 빛이 가난 위에 풍요로움을 뿌려주었기 때문이다. 나의 반항조차도 그 빛에 의해 밝아졌다. 나는 반항은 늘 모든 사람을 위한 것이었고, 모든 사람의 삶을 빛 가운데서 일으키도록 하기 위한 것이었음을 나는 거짓 없이 말할 수 있다. 내 마음이 자연스럽게 그렇게 되었는지는 확실하지 않다. 하지만 상황이 나를 도왔다. 자연스러운 무관심을 바로잡기 위해 나는 가난과 태양의 중간에 위치했다. 가난은 태양 아래에서든 역사 속에서든, 모든 것이 만족스럽다고 여겼던 나의 믿음을 의심하게 만들었다. 태양은 나에게 역사가 전부가 아니라는 것을 가르쳐주었다.

어쨌든 내 어린 시절을 지배했던 그 아름다운 따뜻함 덕분에 나는 어떤 원한도 품지 않게 되었다. 나는 빈곤함 속에서 살았지만 한편으로는 즐거움 속에서 살았던 것이다.

-〈안과 겉〉에서

그는 가난이 자신에게 불행이었던 적은 한 번도 없다고 회고한다. 남루한 가난 위에 내리쬐는 지중해의 빛이 그에게는 풍족함을 맛보게 한다. 그는 반항하고자 했던 자신의 심정 또한 그 아름다운 햇볕 덕분에 밝아졌으며, 원한이라는 감정을 품지 않고 즐거움 속에서 살 수 있었다고 말한다. 카뮈는 가난 속에서 무한히 주어진 자연의 선물을 자신의 재화로 여겼으며, 특히 태양으로 가득 찬 황홀하고 벅찬 아름다움에 압도된다. 자연이 그 자체로 충분하다면, 역사도 미래도 부차적인 문제일 뿐이다. 그는 자연의 찬란함 속에서 심령이 솟아난다고 이야기하며, 삶을 살아갈 용기와 강인한 의식을 길러내기 시작한다. 그의 산문 〈결혼〉에서 그는 자연을 황홀하게 묘사하면서 자연과의 일체감에서 오는 한없는 행복을 매력적인 문장으로 표현한 것으로 유명하다.

지중해의 빛을 탐식하며 자라온 카뮈에게, 자연은 정복과 개발의 대상이 아닌 사랑의 대상이었다. 대지가 가지고 있는 고요와 균형에 동의하고 그 자연에 뿌리내리고 살아가는 것이야말로 참된 구원이라고 생각했다. 그리하여 온갖 부조리에 맞서게 될 때 그는 힘의 우위로써 부조리를 제압하려 하지 않는다. 그는 자연이 지닌 균형의 힘을 믿었다. 모순된 세계에서 대립하는 힘들을 중용과 균형의 힘으로써 반항하는, 마치 지중해의 자연을 닮은 '지중해적 인간'의 모습이야말로 진정한 인간이라고 강조한다. 화살과 시위의 팽팽한 긴장이 절정에 이를 때 화살이 더없이 곧게 튕겨져 나가는 것처럼, 그는 '절대적 승리'가 아닌 '상대적 균형'을 강조한다. 그는 지중해의 자연에 완전히 동화되었던 지중해적 인간이었다.

3. 학업과 예술에 대한 열정

카뮈에게 학교는 지중해의 빛이 내리쬐는 또 다른 공간이었다. 학비를 스스로 벌어야 했던 상황이었지만, 다양한 학문과 스승들을 만나며 자신의 예술적·철학적 기반을 넓혀나간다. 그는 열심히 공부했고 품행도 나무랄 데가 없는 우등생 중 하나였다. 그는 까닭 모르게 공부에 빠져들었고, 모든 시간을 공부에 바쳤다고 말할 만큼 공부 그 자체를 좋아했다.

> 나는 곧 가장 우수한 학생 가운데 하나가 되었다. 공부도 열심히 했고 품행도 흠잡을 데 없었다. …… 나는 내 시간을 오롯이 공부하는 데 썼다. 그냥 공부가 좋았다. 공부하는 내용이 흥미로웠다기보다는 공부하는 것 자체가 좋았다. 그것이 나에게 정말 필요한 것인지는 생각해 보지 않았지만, 나는 단지 가장 우수한 학생이 되고 싶었다.
>
> -〈젊은 시절의 글〉에서

열네 살이 되면서 알제대학 축구팀에 들어간 카뮈는 골키퍼로 활약한다. 그는 공이 항상 자신이 예상한 방향으로 오지 않는다는 사실에 주목하는데, 이러한 경험이 훗날 솔직하지 않은 프랑스 본토에서 살아가는 데 도움을 주었다고 회고한다. 축구라는 세계에 열광했던 그는, 갑작스럽게 폐결핵 증상이 나타나는 바람에 축구를 그만둘 수밖에 없게 된다. 너무도 어린 나이에 아버지의 '죽음'을 경험했던 카뮈는, 그 '죽음'의 그림자가 자신의 눈앞에 당도했음을 느낀다. 열정과 사랑이 가득한 삶일지라도 결국에는 누구나 죽음에 도달한다는 경험을 통해, 카뮈는 그 자신의 핵심 철학인 '부조리'의 감정을 느끼게 된다.

각혈하기 시작한 그는 공부를 중단하게 되었으며 익숙했던 집을 떠나 이모부의 집에 얹혀살게 된다. 이모부의 집은 궁핍했던 본가와는 달리 그에게 충분한 영양 섭취를 도왔으며 윤택한 환경을 제공했다. 또한 이 무렵 그는 이모부를 통해 아나키즘 사상의 영향을 받게 된다. 아나키즘이란 무정부주의 사상으로, 카뮈는 개인의 자유를 최대한 보장받아야 한다고 여기며 개인을 전체 속에 속박하는 전체주의를 부정하는 입장을 가지게 된다.

자립해서 살기로 결심하고 학교로 복귀한 카뮈는 그의 평생의 스승인 장 그르니에(Jean Grenier)를 만난다. 젊은 철학 교사였던 그는 제자들에게 자신의 책을 추천하거나 빌려주고, 저명한 작가들과의 만남을 주선하기도 했으며, 철학적 주제들에 관해 토론을 벌이기도 했다. 두 사람은 편지를 주고받으며 지적인 영감을 나누고 뜨거운 우정을 이어간다.

옆에 계시다는 것만으로 제가 낙담하지 않을 수 있는 용기를 주는 분이기에 저는 그분께 이 글을 씁니다.

선생님이 옆에 계시다는 것이 제게는 언제나 커다란 구원입니다. 그래서 선생님의 편지와 선생님의 저서들에 감사드리는 것입니다.

저에게 베풀어주신 도움에 다시 한번 감사드립니다. 선생님께 쓸모 있는 존재도 되지 못하고 아무런 도움도 드리지 못한 채, 선생님에 대한 우정을 오직 말과 글로밖에 표현하지 못하는 것을 늘 죄송하게 생각합니다.

– 카뮈가 장 그르니에에게 보낸 편지에서

너는 언제나 내게 변함없는 우정을 보여주어 나를 놀라게 하는구나. 내가 그런 우정을 받을 자격이 있는지 모르겠다. 네가 내 책에 쓴 서문을 읽지 않은 까닭은 분에 넘치는 찬사일 것 같아서이다. 네가 나에게 도움받은 것이 있다면, 그것은 우리가 서로 알게 되었을 때 네 나이가 어렸기 때문일 것이다.

– 장 그르니에가 카뮈에게 보낸 편지에서

카뮈는 그르니에가 옆에 있는 것만으로도 위안이 되며, 그르니에의 편지와 저서가 자신에게 커다란 구원으로 작용한다고 말한다. 그르니에 또한 카뮈와의 우정을 소중하게 생각한다. 그르니에는 자신의 책에 적어준 카뮈의 서문이 분에 넘치는 찬사이며, 이런 우정을 받을 만한 자격이 없다고 표현할 정도로 카뮈를 동등한 지적 동료로 여긴다. 카뮈는 어린 시절 그르니에에게 많은 도움을 받았는데, 그르니에는 카뮈가 자신에게 신세를 진 것이 있다면 단지 그 당시에 카뮈의 나이가 어렸다는 이유밖에는 없다고 말하는 따뜻한 스승이다. 그들이 나눈 편지는 책 한 권이 될 정도로 많은데, 치열한 사상적 논의와 더불어 그들이 나누는 뜨거운 우정은 잔잔한 감동을 준다.

장 그르니에의《섬》은 카뮈의 철학적 기반을 형성하는 데 큰 영향을 주었다고 할 수 있다. 카뮈는 처음 이 책을 길거리에서 읽다가 다시 접어 자신의 방까지 한걸음에 달려가서는 정신없이 읽어나간다. 처음으로《섬》을 열어보게 될 낯선 젊은이를 뜨거운 마음으로 부러워할 정도로 카뮈는 이 책에 매료되었다. 이 책을 통해, 겉에서 볼 때 아름다운 세상의 이면에 부서지고 허물어지는 절망이 있음을 알게 된 카뮈는 부조리에 관한 질문을 자기 자신에게 던지기 시작한다.

> 길에서 이 작은 책을 펼쳐 처음 몇 줄을 읽다가 다시 덮고는 가슴에 꼭 껴안았다. 그러고는 아무도 없는 곳에서 조용히 읽기 위해 내 방까지 한걸음에 달려갔다. 나는 그날 저녁으로 다시 돌아가고 싶다. 나는 아무런 회한도 없이 부러워한다. 오늘 처음으로 이《섬》을 열어보게 될 낯 모르는 젊은 사람을 뜨거운 마음으로 부러워한다.
>
> – 카뮈가 쓴《섬》의 서문에서

카뮈에게 공산당에 입당할 것을 권고했던 그르니에는 그 자신이 공산당에서 탈당하고 정치적 참여에 대한 비판을 시작한다. 카뮈는 자신이 그르니에로부터 배반당했다고 생각하여 한동안 그와 연락을 두절하게 되지만, 2년 정도의 시간이 흐른 뒤 그르니에와 다시 관계를 회복하고자 한다. 이후 그들은 꾸준히 편지를 주고받으며 우정이 더 돈독해지게 된다.

카뮈는 자신이 쓴 글을 그르니에에게 보내고 그의 긍정적 혹은 부정적 평가를 진지하게 참고한다. 그르니에의 글을 통해 느낀 떨림을 모방하고자 했던 소년, 나아가 그 모방의 힘을 바탕으로 자신만의 독자적인 세계를 구축했던 카뮈에게 장 그르니에라는 인물은 영원한 스승이자 영혼의 친구였다고 말할 수 있겠다.

대학을 졸업한 카뮈는 철학 교수가 되기 위해 대학교수 자격시험에 응시하려 했으나, 폐결핵으로 인해 신체검사에서 부적격 판정을 받고 만다. 이에 그는 신문사 기자로 활동하기도 하고, 연극을 비롯한 다양한 문화 활동을 활발하게 전개한다. 그는 극단을 만들어서 운영하거나 자신이 직접 배우가 되어 연기를 하기도 했다. '연극'이란 부조리가 구체화되어 나타난 장르라고 이야기하며 연극에 대한 애정을 아끼지 않았던 카뮈는 〈칼리굴라〉, 〈오해〉 같은 작품을 창작하기도 하고, 고전 연극을 각색하고 번안하는 데에도 활발히 참여한다. 그는 희곡뿐 아니라 소설 및 에세이, 기사 등 다양한 장르의 글쓰기를 실천한다. 무엇보다도 그는 소설을 사랑했는데, 소설이야말로 세계의 실체를 총체적이고 상징적으로 표현할 수 있다고 믿었다. 하지만 소설이 화려한 경향으로 치우쳐 진실을 드러내는 데서 멀어질 수 있음을 경계했으며, 소위 말하는 '문학적인' 요소를 고의로 기피하는 모습을 보이기도 한다. 이는 카뮈 소설의 특징으로, 삶에 대한 철학에 몰두하면서도 인간의 내밀한 심리를 통해 감동적인 인생의 진실에 도달하는 그의 문학적 개성으로 드러난다.

카뮈는 자신의 작품 활동에 대해 '어떤 정확한 설계도'를 가지고 있었다고 말한다. '부정, 긍정, 사랑'이라는 세 가지 거시적인 층을 세우고 창작 작업에 착수한 것이다. 먼저 기존의 가치에 대한 '부정'을 표현하여 부조리를 발견해 내는데, 이 층위에 해당하는 작품으로 소설 《이방인》, 희곡 〈칼리굴라〉와 〈오해〉, 이념적 에세이 〈시지프 신화〉가 있다. 두 번째로 '긍정'을 통해 부조리에 대한 행동 방식을 찾아내는데, 이 층위에 해당하는 작품으로 소설 《페스트》, 희곡 〈계엄령〉과 〈정의의 사람들〉, 이념적 에세이 〈반항하는 인간〉이 있다. 마지막으로 카뮈는 '사랑'을 통해 궁극적인 해결책을 찾아가려 하지만, 이 층위에 해당하는 소설인 〈최초의 인간〉을 쓰던 도중 교통사고로 세상을 떠나고 만다.

예술과 사상에 대한 열정과 부단한 노력은 노벨 문학상이라는 큰 선물을 그에게 안긴다. 카뮈는 "오늘날 인간의 양심이 직면한 문제를 진지하게 파헤쳐 밝혀준 최고의 문학 작품"이라는 찬사를 받았으며, 역대 두 번째 최연소 수상자라는 영예를 안게 된다. 그는 수상 연설에서 진실에 대한 헌신과 자유에 대한 봉사라는 작가의 의무를 다하며, 불행과 박해의 편에서 투쟁하는 사람들을 위해 상을 받을 것임을 분명히 한다. 그러나 카뮈의 수상 소식은 찬사와 동시에 프랑스 지식인들에게 차가운 반응을 받았으며, 이로 인해 카뮈는 악몽을 꾸는 등의 불안 증세를 보이기도 한다.

> 명성을 얻게 된 것을 후회하지는 않습니다. 스무 살 때는 그것을 동경하기도 하지요. 이상할 게 없습니다. 그러나 그 명성이 사라지고 다시 찾아오지 않으면 상실감에 악몽을 꾸게 될 수도 있습니다. 지금 저는 명성을 얻은 것에 만족하기보다는 좀 당혹스럽습니다. 아직 더 배워야 하고 해야 할 일도 많다는 것을 너무도 잘 알고 있기 때문입니다.
>
> – 카뮈가 장 그르니에에게 보낸 편지에서

4. 부조리와 반항

불투명한 세계를 '이성'의 빛으로 명확히 하려던 근대인들의 전망은, 인간에 대한 인간의 착취와 폭력과 살인으로 귀결되고 만다. 미래를 낙관할 수 없어진 몇몇 사람들은 절망을 이길 길이 없어 그 시대의 허무주의 속으로 뛰어들고 만다. 삶과 죽음, 희망과 절망이

혼재된 세상에서 카뮈는 인생이 과연 살아갈 만한 가치가 있는지 질문한다.

> 자살이라는 것은 정말 심오한 철학적 문제 가운데 하나이다. 생명이 살 가치가 있거나 살 가치가 없다고 판단하는 것은 철학의 근본적인 질문에 답하는 것이다.
>
> -〈시지프 신화〉에서

인생에는 분명히 고통이 있고 죽음이라는 확실한 결론이 우리를 기다리고 있다. 그런데 인간은 이러한 운명의 이유나 원인을 찾지 못한 채로 죽음을 향해 걸어가고 있다. 카뮈는 유년 시절의 빈곤과 투병 중에 겪은 죽음의 체험 속에서 인생을 투명하게 들여다보게 된다. 인간의 삶에 의미를 부여해 주는 가식들을 모두 벗겨낸 상태에서 바라본 인생은, '부조리' 그 자체였다.

카뮈는 '부조리'의 개념을 이끌어내기 위해 서로 모순되는 두 개의 대립적인 항목을 제시한다. 그것은 '인간'과 '세계'이다. 인간은 인생의 의미와 이유에 대해 끊임없이 질문하지만, 세계는 침묵하며 무의미 속에서 역동하고 있다. 의미가 없는 세계와 의미를 찾는 인간 사이에서 '부조리'가 생겨나는 것이다.

카뮈의 대표작인 《이방인》에서 주인공 뫼르소는 어머니의 장례를 치르며 사람들을 관찰한다. 어머니의 주변인으로 보이는 사람들은 고인을 애도하며 눈물을 흘린다. 하지만 아무리 많은 사람이 진심으로 통곡하고 눈물을 흘린들, 죽은 사람이 되돌아올 일은 없다. 또한 눈물을 흘리고 있는 사람들 역시 언젠가 죽음이라는 선고를 받게 될 운명이다. 얼마나 부조리한 장면인가? 마음을 나눴던 사람의 죽음에 의미를 부여하려는 인간과, 되돌릴 수 없는 타이머를 들고서 다음 죽음은 누구인지를 침묵하며 지켜볼 뿐인 세계의 관계가 말이다.

그렇다면 우리는 이러한 부조리 속에서 어떤 선택을 내릴 수 있을까? 카뮈는 극단적인 두 가지 선택이 가능하다고 이야기한다. 하나는 침묵하는 세계에 끊임없이 이야기와 의미를 부여하는 종교나 이념을 선택하는 것이다. 다른 하나는 부조리를 받아들이고 의미 없는 생을 마감하는 것, 즉 자살하는 것이다. 하지만 이 두 가지 가운데 어느 하나를 선택하는 것의 문제는 두 가지 대립하는 항목인 세계와 인간 중 하나를 완전히 포기하는 데 있다. 그렇다면 무의미한 세계와 의미를 추구하는 인간 모두를 선택할 수 있을까? 카뮈는 그것이야말로 '부조리 인간'임을 역설한다.

부조리 인간이란 대립하는 항목의 어느 쪽도 포기하지 않고 긴장을 유지하며 살아가는 사람이다. 부조리 인간은 일단 이 세계에 의미가 없다는 것을 인정한다. 하지만 그렇다고 하여 종교나 이념으로 자신을 기만하여 구원을 받으려 하거나, 허구적인 세계를 맹목적으로 믿으려 하거나, 혹은 자살하지 않는다. 부조리 인간은 부조리한 운명을 인정하되 그것과 타협하지 않고 부조리의 긴장을 끝까지 유지하며 살기로 다짐하는 인간이다. 카뮈는 인생의 의미가 없으면 없을수록 그만큼 더 훌륭히 살아갈 수 있다고 말한다. 인생에 의미가 없음을 알면서도 자신을 불사르며 생동하는 숨결로 살아가는 삶만큼 가치 있는 삶은 없는 것이다.

> 부조리 인간은 모든 것을 다 소진하고 소진할 수밖에 없다. 부조리함은 부조리 인간의 가장 극단적인 긴장감이며, 부조리 인간은 그의 양심과 매일의 반항을 통해 운명에 도전하는 유일한 진실을 증언하다는 것을 알고 있기 때문이다.
>
> -〈시지프 신화〉에서

그런데 여기에서 문제가 생긴다. 만약 이 세계에 아무런 의미가 없다면 모든 것은 동등한 가치를 가지게 되며, 그 어떤 중요한 것도 없게 된다. 심지어 살인까지도 '옳다, 그르다'를 규정할 수 없게 되는 것이다. 특히 카뮈가 살던 시대는 자유민주주의, 공산주의, 사회주의 등 이데올로기의 전쟁 시대였는데, 자신의 이데올로기를 위한다는 명분으로 무수한 살육 행위가 정당화되고 있었다. 카뮈는 인간 생명의 가치가 극도로 상실된 시대 앞에 고통스러워하며 타인에 대한 살인을 허용해야 하는지, 그렇다면 왜 그래야 하는지에 대해 탐구한다.

> 나는 내가 아무것도 믿지 않고 모든 것이 부조리하다고 소리치지만, 나는 내 외침을 의심할 수 없으며 적어도 내 항변은 믿어야 한다. 부조리한 경험 속에서 나에게 주어진 최초이자 유일한 증거는 바로 반항이다.
>
> -〈반항하는 인간〉에서

카뮈에 따르면 타인과의 관계에서 억압받는 인간은 대개 그러한 억압을 견뎌내고자 한다. 그러나 자신의 가치를 침해하는 것에 대해서는 반항하게 된다. 그런데 반항은 결코 이기적인 행위가 아니다. 여기에서 반항은 '나와 타인의 동일성을 해치지 않는 한도' 안에서만 허용되는 반항이다. 자신의 존재 가치를 위한 반항으로 인해 자신과 동일한 가치를 지닌 타인의 존재 가치가 훼손되어서는 안 되는 것이다. 또한 인간은 억압받는 타인을 보면서도 동일한 반항의 반응을 하며 연대한다. 즉 인간은 반항을 통해 자신의 고유성을 회복함과 동시에 타인의 존재를 의식하고 승인하게 되며, 더 나아가 반항은 타인과의 연대를 가능하게 하는 것이다.

그런데 이러한 '반항'의 개념이 왜곡되어 '혁명'이라는 이름으로 불릴 때 비극적인 역사가 펼쳐진다고 카뮈는 지적한다. 카뮈가 살던 시대에 난무했던 민족주의, 식민주의와 같은 '전체의 논리'는 '혁명'이라는 연대성의 그물 속에서 '개인'의 존재를 희생시킨다. 6·25전쟁을 경험한 우리 민족은 이를 체험적으로 알고 있다. 사상과 사상이 대결할 때, 자신이 속한 집단의 사상이 살아남기 위해서는 타인의 사상과 맞서 싸워야 하는 것이다. 이러한 혁명의 끝에 선택의 몫으로 돌아오는 것은 자기희생이나 살인 중 하나일 것이다. 그런데 우리가 다시 한번 상기해야 할 중요한 원칙이 있다. 혁명이라는 이름으로 왜곡된 반항의 출발점이 '나와 타인의 동일성'이었다는 것이다.

> 반항하는 인간이 상대에게 공격을 가하는 순간, 이는 세계를 둘로 나누는 것이다. 그것은 인간과 인간의 동일성에 반하는 것이다. …… 불행과 억압의 한가운데서 반항하는 인간의 존재 이유는 바로 이 동일성을 인정하는 데 있다.
>
> –〈반항하는 인간〉에서

카뮈는 부조리에 반항할 때, '무제한'의 자유를 가지고 반항하라고 하지 않는다. 반항하는 인간은 자신과 동등한 또 다른 반항하는 인간을 의식하고 있기에, 적어도 타인의 존재와 자유를 인정하는 제한적 조건 안에서 반항해야 한다. 카뮈는 무한한 권력만이 역사를 만들어가는 것이 아니라고 강조하며, 전적인 자유가 불가능함을 인정하고 반항의 정신을 깊이 성찰할 것을 요구하고 있다. 진정한 반항은 폭력에 대한 부정이고 세계에 대한 긍정이어야 한다고 그는 결론 짓는다. 지중해의 자연처럼, 극단적으로 대립하는 것들을 한계와 절도 안에서 조화시키고, 존재를 긍정하며 사랑에까지 나아가는 것을 카뮈의 '정오(正午)의 사상'이라고 할 수 있다.

이데올로기의 폭력과 광기의 시대를 바라보는 카뮈의 걱정 어린 눈빛이 느껴지는가? '진보'를 향하여 경주마처럼 달려가던 당대의 흐름에서 벗어나 인간의 본질적 가치와 자유를 그 무엇보다 중요하게 여긴 카뮈의 생각은 그를 빛나게도 했지만 무수한 공격에 그를 노출시키기도 했다. 만연한 폭력과 부조리한 세상에서, 더 큰 폭력과 힘을 갖춘 혁명을 통해 진보적인 삶을 쟁취하는 것이 우선일까? 조금은 이상적이고 낙관적으로 보일 수 있지만, 타인의 자유를 인정하는 한계 안에서 부조리에 반항하는 것이 우선일까? 판단은 여러분의 몫이리라.

5. 비주류 아웃사이더

카뮈는 창조적인 작가이자 역사를 진단하고 시대를 증언하는 기자였다. 그는 여러 언론사에서 편집 및 취재 기자로 일하며 동시대 문제에 대해 활발히 고민하고 글을 쓴다. 그의 기사는 프랑스 지성사에서 중요한 위치에 자리하고 있으나, 언론의 중심부에서는 점점 멀어지고 소외된다. 당대 사회에서 주류라고 할 수 있는 지식인들의 사상 중 그 어느 것에도 깊이 몸담지 않았던 그의 태도는, 필연적으로 그들 모두로부터 비난의 화살을 받도록 만든다. 마르크스주의를 통한 거대한 역사적 전환을 꿈꾸던 사람들에게 혁명과 전체주의를 거부한 그는 체제 순응주의자로 여겨졌으며, 개인의 실존과 존엄을 강조하던 실존주의에 대해서는 카뮈 자신이 반대하고 선을 그었다.

> 지금 제가 당면한 문제도 있습니다. 동일한 신념을 지닌 어떤 무리에 속하지 않으면 사람들이 저를 가만두지 않습니다. 어떻게 모든 것을 망쳐놓는 거짓을 고발하지 않고 멀찍이 물러서서 보고만 있을 수 있겠습니까? 모두 겁을 먹고 입을 다문 채 가만히 웅크리고 있습니다.
>
> – 카뮈가 장 그르니에에게 보낸 편지에서

카뮈의 정치적 논쟁 중 유명한 것은 사르트르와의 논쟁이라고 할 수 있다. 카뮈와 사르트르는 각각 서로의 작품인 《이방인》과 《구토》에 대해 호평을 남기기도 하고, 지식인 모임을 가지기도 하며 긍정적인 교감을 유지하던 사이었다. 그러나 공산주의 혁명에 대한 입장 차이로 시작하여 둘은 멀어지게 된다.

좌파 지식인의 대열에서 냉전 시대를 극복하려 했던 카뮈와 사르트르는 공산주의가 구현되는 과정에서 벌어진 폭력의 문제에 맞닥뜨리게 된다. 카뮈는 《반항하는 인간》이라는 저서를 통해 인류의 고통을 감각하고 연민하며 혁명이라는 명분으로 집단 살해가 난무하는 현실을 비판한다. 카뮈의 이러한 주장은 공산주의에 대한 비판의 어조로 우파 언론에 크게 소개되었으며, 좌파 진영의 유보적 평가를 받게 된다. 사르트르의 측근이자 사상가였던 장송(Francis Jeanson)은 카뮈가 역사의 문맥에서 동떨어져 공중에 떠 있으며, 애매한 휴머니즘을 주장한다고 가혹하게 비판한다. 카뮈는 장송의 비판은 곧 사르트르의 비판이라 여기고, 반론 기사에 '편집주간님께' 혹은 '당신의 공저자', '당신의 기사'와 같은 방식으로 수신자를 언급한다. 상대의 이름을 부르지 않고 암시만 하는 낯설고 불쾌한 호칭에 분노한 사르트르는, 폭력에 투쟁하는 사람들에게 영향을 미치려면 뒤로 물러나 위협만 하지 말고 싸움에 가담할 것을 권고한다. 자본주의와 식민주의 아래 자행되던 구조적 폭력을 보지 못하고 휴머니즘만을 강조하는 카뮈를 지적한 것이다.

사르트르의 말처럼, 눈에 보이지 않지만 전 지구적으로 자행되는 억압과 착취의 구조는 심각한 폭력의 문제이다. 하지만 카뮈는 이러한 구조적 문제를 벗어나기 위해 혁명이라는 이름으로 무고한 생명들이 희생되는 것 또한 심각히 여겨져야 하는 폭력의 문제라 생각했다. 카뮈와 사르트르는 각자의 관점에서 정확하게 폭력의 문제를 다루고 있었으나, 서로의 한계를 수용하고 종합하지 못한 채 둘의 우정은 결별의 국면으로 접어들게 된다.

당대 사람들은 두 사람의 논쟁의 결과로 사르트르의 손을 들어

준다. 카뮈의 주장은 본의 아니게 우익 세력에게 유리한 논거를 제공해 줄 수 있으며 동료 좌파의 비난을 받을 수밖에 없는 주장이었기 때문이다. 카뮈 또한 자신의 입장으로 인해 무수한 비난을 받을 수 있음을 알고 있었으나, 그는 모든 대가를 치르면서도 자신의 입장을 고수해 나가는 아웃사이더를 자처한다.

카뮈의 정치적 입장을 다루면서 가장 논란이 되는 것은 '알제리의 독립'에 대한 부분일 것이다. 카뮈는 〈카빌리의 비참〉이라는 기사를 통해 알제리의 한 지역인 카빌리에서 식민지의 모순이 어떻게 작용하고 있는지를 폭로했으며, 알제리 독립운동가들의 시위를 진압하는 과정에서 수많은 사상자들이 발생한 사태에 대한 프랑스 본토 언론의 무관심을 지적하기도 한다. 그런데 알제리 전쟁의 최대 쟁점인 '알제리의 독립'에 대해 카뮈는 정면으로 반대하는 모습을 보인다. 그렇다면 카뮈는 식민주의자인가?

알제리의 독립 문제가 1954년 알제리 전쟁으로 본격화되면서 카뮈는 알제리의 독립을 반대하고, '프랑스-알제리 연방'의 창설을 주장한다. 카뮈가 봤을 때 알제리 대중들은 자치 능력이 결여되어 있었으며, 현실적으로 프랑스의 식민 지배력이 높아 알제리의 완전한 해방은 식민주의자들로 하여금 거센 반발을 불러올 가능성이 높았기 때문이다. 카뮈는 알제리 민족을 '행정적 차원'에서 해방하고 피식민지인의 인격을 존중하는 연방제를 도입한다면 식민지 체제의 잔혹한 모순에서 벗어나 진정한 민족적 동화를 이룰 수 있을 것이라 주장했다.

이러한 주장의 바탕에는 알제리-프랑스인으로 살아왔던 그의 성장 배경이 있다. 카뮈는 알제리에 거주했던 대부분의 프랑스인이 침입자의 얼굴이 아닌 진정한 형제의 얼굴을 하고 있었다고 생각한다. 같은 땅에서 태어나 사회적 차원에서 한 형제이며 같은 동향인으로서의 정체성을 공유한다고 여기는 카뮈에게 알제리의 독립은 고향에서의 강제 추방을 의미하는 것이었다.

하지만 알제리인과 프랑스인이 형제라는 주장은 식민지 백성으로서 참혹한 전쟁과 희생을 치른 알제리인에게는 일방적이고 납득하기 어려운 주장이었다. 또한 제3세계가 형성되어 가는 국제 질서에 비추어 봤을 때 카뮈의 알제리-프랑스 연방에 대한 주장은 정치적으로든 현실적으로든 터무니없는 입장임을 인정하지 않을 수 없다. 그러나 카뮈의 입장이 알제리인에 대한 진심 어린 애정과 동질성에서 나왔음을 이해한다면, 그 동기까지 식민주의자로 매도하기는 어려운 일이다.

6. 카뮈와 돈 후안

카뮈는 호색한의 대명사로 알려진 '돈 후안(Don Juan)'이라는 인물에게서 자신을 발견한다. 돈 후안은 수많은 여인을 자신의 모든 것을 바쳐 사랑하는 유혹자이다.

> 돈 후안은 한낱 유혹자이다. 특별한 점이 있다면 스스로가 그 사실을 알고 있다는 것인데, 그렇기 때문에 돈 후안은 부조리 인간인 것이다. …… 세계의 심오한 의미 같은 것을 믿지 않는 점이야말로 부조리 인간의 특성이다. …… 그는 수많은 여인을 상대하며 그 여인들과 함께 함으로써 자신의 삶을 남김없이 소진한다.
>
> 그는 벌 받는 것을 당연하게 여길 것이다. 그것이 게임의 규칙이기 때문이다. 게임의 모든 규칙을 다 받아들였다는 것이 바로 그가 지닌 고결함이다. 그러나 그는 자기가 옳다는 것, 그것이 벌일 수 없다는 것을 안다.
>
> -〈시지프 신화〉에서

카뮈는 돈 후안 그 스스로가 유혹자임을 의식한다는 점으로 인해 그를 부조리 인간이라 칭한다. 또한 돈 후안은 수많은 여인을 상대함으로써 받는 결과를, 그것이 벌일지라도 통째로 다 받아들인다. 그것이 바로 그의 고결함이라고 카뮈는 생각한다. 이러한 카뮈의 생각은 그의 삶에 등장하는 여인들을 대하는 태도에서도 드러난다. 카뮈 또한 많은 여성을 사랑했고, 많은 여성 또한 카뮈를 사랑했다.

카뮈는 1934년 알제대학에서 첫 연인인 시몬 이에(Simone Hié)를 만나 사랑에 빠진다. 시몬은 매력적인 미모와 도발적인 행동으로 남성들의 시선을 한 몸에 받던 여인이었다. 카뮈는 스물한 살의 나이에 스무 살의 시몬과 결혼한다. 시몬은 안과 의사였던 어머니가 생리통을 감통하기 위해 모르핀 주사를 놓아준 이후로 모르핀에 중독된 상태였는데, 카뮈는 그녀가 건강한 생활을 하도록 돕는 한편 생계를 꾸리기 위해 여러 직업을 전전한다. 1936년 카뮈는 아내와 친구와 함께 처음으로 중부 유럽으로 여행을 떠나게 되는데, 여기에서 아내의 부정을 알게 된다. 아내에게 온 편지를 열어보다가 그녀에게 모르핀을 공급해 주는 의사가 실은 그녀의 정부였다는 사실을 알게 된 것이다.

시몬과 이혼한 카뮈는 '세계 앞의 집'이라는 공동의 생활 공간에서 여러 사람들과 함께 지내며 상처받은 마음을 달랜다. 이곳에서 인연이 된 피에르 갈랭과 절친한 사이게 된 카뮈는, 그의 동생인 프랑신 포르(Francine Faure)를 만나 재혼한다. 재혼 뒤 카뮈는 쌍둥이 장(Jean)과 카트린(Catherine)을 낳고 안정적인 가정생활을 꾸려가지만, 점차 불행한 생활로 빠져들고 만다. 카뮈가 일에 빠져 바빴으며 무엇보다 복잡하고 지속적으로 여자 문제를 일으켜 프랑신이 우울증까지 앓게 된다. 그녀는 우울증 때문에 정신병원에서 치료를 받았고, 두 번이나 자살을 기도했으며, 2층에서 뛰어내려 골반뼈가 부서지기도 했다. 카뮈는 심적인 고통을 느끼며 아내를 치료하는 데 애쓰지만, 마리아 카사레스와 메트 이베르 등의 여성과 말년까지 애정 관계를 지속하는 모습을 보인다.

부조리 인간이고자 했던 카뮈에게 한 사람만을 영원히 사랑할 것을 맹세하는 결혼제도는 견디기 어려운 숙제였을 것이다. 작은 생명의 희생까지도 가슴 아파하며 폭력의 그림자를 지워가고자 했던 카뮈에게, 프랑신은 영영 치유되지 않는 마음을 안고 살아간 최대의 희생자가 아니었을까.

7. 죽음이라는 부조리

카뮈 인생의 마지막 장은 루르마르에서였다. 그의 스승 장 그르니에의 초대로 루르마르에 들렀던 카뮈는, 1958년 그곳에 집을 사고 사랑을 테마로 글을 쓰며 행복한 시간을 보낸다. 그가 집필하고 있던 원고는 〈최초의 인간〉으로, 그의 갑작스러운 죽음으로 인해 결국 미완에 그친 소설이다.

'이 책을 읽지 못할 당신께.' 어머니께 드리는 헌사로 시작되는 이 책은 카뮈가 죽고 나서 딸 카트린 카뮈의 노력으로 출간되었다. 이념의 틀에서 벗어나 자신의 가족 이야기나 자신의 심리에 대한 이야기, 알제리 이민자들의 이야기를 담은 이 소설은 부조리 인간인 카뮈 그 자체가 들어 있는 최초이자 최후의 소설이라고 해도 무방할 것이다.

카뮈의 최후, 죽음이라는 부조리와 맹렬하게 싸우던 그의 최후는 부조리 그 자체였다. 가족들과 휴가를 보내고 기차로 돌아오려던 카뮈는, 친구인 미셸 갈리마르(Michel Gallimard)의 제안으로 자동차를 타고 돌아오게 된다. 파리를 향해 돌아오던 중 별안간 큰 소리와 함께 갈리마르의 차는 커다란 나무를 들이받는다. 그와 동시에 카뮈는 파리행 기차표를 주머니에 꽂아놓은 채 즉사하고 만다.

카뮈는 자신의 운명을 알고 있었을까? 그는 자기 죽음의 주인이 된 사람이다. 죽음을 직시하고 회피하지 않았던 사람이다. 기차를 타고 돌아오지 않았던 선택을 후회하기보다는, 47년 동안 아낌없이 소진하고 살아간 자신의 삶을 숭고하게 마감했을 사람이다. 그래서 카뮈의 삶은 죽음에 이른 그 순간까지도 부조리와 반항 그 자체였으리라.

카뮈는 그의 길지 않은 생애 동안 찬사와 비난을 함께 맛본 작가였다. 어떤 경향에 편입시키기 어려운 그의 예술과 사상은 그 독창성으로 인해 인정받았고, 그 독창성으로 인해 더 크게 외면받았다. 거대한 냉전의 시기에 그 어느 사상에도 곁을 주지 않고 명징한 정신으로 생명과 평화, 균형과 중용, 폭력의 한계를 목놓아 외쳤던 카뮈. 중대한 가치나 이념마저도 쇼핑처럼 취사 선택되고 마는 각자도생, 생존 만능주의 시대에, 그가 우리에게 던진 화두와 질문은 그 가치를 헤아려볼 수 없을 정도로 소중하다.

Ø2

알베르 카뮈 작품 읽기

이방인

L'Étranger, 1942

시지프 신화

Le Mythe de Sisyphe, 1942

"어머니의 장례식에서 울지 않는 사람은 누구나 사형선고를 받을 위험이 있다."

카뮈는《이방인》의 미국판 서문에서 자신의 작품을 위의 한마디로 요약한 바 있다. 어머니의 장례식에서 울지 않는 것이 사형선고를 받을 정도의 범죄가 아님을 우리는 알고 있다. 하지만《이방인》을 읽은 독자라면 이 말이 과장이 아니며, 우리 사회가 사형에 처하고 만 뫼르소와 같은 인물이 떠오를 수도 있을 것이다.

《이방인》은 제2차 세계대전이 진행 중이던 1942년, 독일군에 의해 파리가 함락된 상황에서 어렵게 출간된 소설이다. 당시 유럽은 크고 작은 전쟁을 겪으며 인간의 이성에 대한 신뢰를 잃는다. 대상을 객관적으로 관찰하고 합리적인 '이성'을 통해 진리를 증명해 내고자 했던 근대인들은, 이성에 대한 맹신이 세계대전과 나치즘, 스탈린 체제 등의 결과를 이끌어냈음을 목도한다. 기존의 질서와 가치들이 흔들리고 붕괴되던 고통스러운 상황에서 새로운 돌파구를 찾아 헤매던 당대 지식인들에게, 《이방인》은 제 몸을 불사르는 시대의 투사처럼 등장한 것이다.

《이방인》은 1부와 2부로 나뉘어 있고, 1부는 6장, 2부는 5장으로 구성되어 있다. 흔히 《이방인》의 1부와 2부 구성을 '거울 구조'라고 분석한다. 1부에서 뫼르소와 관련된 사건이 시간순으로 서술된다면, 2부에서는 1부의 사건들을 법정의 논리와 뫼르소의 논리로 재구성하고 있기 때문이다. 1부가 뫼르소의 일상에 대한 이야기라면, 2부는 1부에 대한 해석의 갈등으로 볼 수 있는 것이다.

1부는 뫼르소가 어머니의 장례를 치르고 돌아와 보내는 일상을 서술한다. 대부분 그의 주변인들에 대한 이야기로, 같은 사무실에 다니며 호감을 느꼈던 마리 카르도나와 동료 에마뉘엘, 같은 건물에 사는 이웃 레몽 생테스와 노인 살라마노가 등장한다. 뫼르소는 자신의 주변에서 일어나는 일들에 대해 '이럴 수도 있고 저럴 수도 있다'는 식으로 무심하게 반응하는데, 이와 달리 육체적인 욕구나 자연의 감각에 대한 체험은 섬세하게 표현한다. 특히 '햇빛'에 대해 예민하게 반응하는 모습을 보이는데, 햇빛의 뜨거움을 견디지 못해 아랍인에게 방아쇠를 당기는 것으로 1부가 마무리된다.

2부는 살인범으로 체포된 뫼르소가 심문과 판결을 받으면서 생기는 의식과 성찰의 내용이 주를 이룬다. 수감된 상황을 진지하게 생각하지 않던 뫼르소는 자신을 미워하고 있는 타인들의 시선을 느끼며 자신의 상황을 돌아보기 시작한다. 늘 무심한 관찰자의 자리에 머물러 있던 뫼르소는 사형선고를 받은 이후 점차 분석적인 성찰을 하고 명료한 자기의식을 갖게 된다. 죽음의 문제에 대한 확신에 찬 절규를 부속 사제에게 퍼붓는 장면은 1부에서의 뫼르소에게 상상할 수 없는 모습이다. 그는 각성하고 성장했으며, 확실한 죽음의 세계를 향해 두 팔 벌려 걸어 나간다.

1, 2부의 줄거리를 따라가다 보면 직관적으로 와닿는 의미와 더불어 마치 하나의 상징처럼 느껴지는 모호한 이미지들이 공존할 것이다. 카뮈는 소설이란 어떤 사상을 이미지로 구체화한 것이라고 생각한다. 하지만 그 사상이 겉으로 드러나서는 안 된다고 한다. 요컨대 카뮈에게 소설이란 작가의 생각이나 사상을 이미지로 묘사하는 장르이기에, 그가 창조하고 묘사한 세계의 이면에 흐르고 있는 철학적인 사고를 상호 교차하여 읽을 때 《이방인》의 모호한 이미지들이 손에 잡히게 될 것이다. 여기서는 《이방인》과 함께 '부조리 3부작'에 속하는 철학적 에세이 〈시지프 신화〉를 넘나들며 뫼르소라는 이방인을 만나보고자 한다.

시지프 신화

'시지프(Sisyphe)'는 시시포스, 시지푸스, 시지프스 등으로 불리는 인물로 그리스 신화에 나오는 코린토스의 왕이다. 시지프는 신들을 기만한 죄로 무거운 바위를 산 위로 밀어 올리는 형벌을 받는다. 그 무거운 바위는 산 위에서 다시 굴러떨어지고, 시지프는 그 바윗돌을 끝없이 굴려 올려야 한다. 권태롭게 반복되는 일상에 대한 비유로 주로 사용되는 이 이야기는 비극과 저주의 느낌을 지울 수 없다. 하지만 카뮈는 시지프를 '부조리 인간'이라 칭하며, 자신의 철학적 사상을 대변하는 결정적인 이미지로 삼는다.

사실 시지프가 수행하고 있는 형벌은 무용(無用)한 것, 즉 쓸모없는 행동이 반복된다는 점에서 우리의 일상과 비슷하다. 《이방인》에서 뫼르소의 주변인으로 등장하는 살라마노 영감은 하루에 두 번씩 매일 개를 데리고 산책에 나선다. 그는 8년 동안 한 번도 산책 코스를 바꾸지 않고 길을 나서지만, 살라마노 영감과 그의 개는 매번 같은 방식으로 서로를 힘들게 하고 미워한다. 그들은 더 나아질 것 없이 매번 똑같은 일을 반복한다. 우리 또한 무거운 돌을 지고 인생의 힘겨운 산을 넘는 순간, 돌은 굴러떨어지고 더 높은 산이 다시 등장한다. 더 나아질 것 없이 그 높은 산을 향해 우리는 다시 돌을 굴려야 한다. 여기서 카뮈는 삶의 부조리를 발견한다. 인간은 삶을 이해하고 세계와 하나 되기 위해 열심히 돌을 굴린다. 하지만 정상까지 굴려 올린 돌은 다시 굴러떨어지고, 세계는 아무런 의미도 희망도 우리에게 주지 않는다. 인간과 세계의 이러한 대립의 상태가 바로 카뮈가 말하는 '부조리'이다.

인간의 정신은 세계의 진실을 알고자 욕망하지만, 우리는 세계를 알고자 할수록 더 낯설다는 사실을 알게 된다. 인생의 모든 것을 잃은 것 같은 슬픈 날에, 세상 풍경은 비정하게 자신의 아름다움만을 뽐내며 나로부터 닫혀 있었던 경험이 있을 것이다. 또한 우리는 같은 인간으로부터 낯선 비인간성을 경험하기도 한다. 마지막으로 인간은 '죽음'을 맞이한다는 점에서 부조리한 감정을 느끼게 된다. 째깍째깍 흘러가는 시간은, 인간의 어떤 도덕이나 노력과 상관없이 피비린내를 풍기는 수학적 시간인 것이다.

이러한 비인간적인 세계와의 분열은 우리가 살고 있는 삶을 의심하게 하고 좌절하게 하며 무기력하게 만든다. 한편으로 이 간극을 메우기 위해 새로운 해석을 해내는 사람들도 있다. 카뮈는 동시대 학자들의 경향을 소개하며 어떻게 부조리에 대응했는지 설명한다. 이들은 모두 세상을 이해하려는 인간의 노력을 신을 통해 초월할 것을 제안한다. 이해할 수 없고 모순투성이인 세상에서, 이러한 세상을 만든 신의 품 안으로 들어가 신을 믿는 믿음을 통해 세상의 희망을 찾고자 하는 것이다.

카뮈는 이러한 태도를 '철학적 자살'이라고 칭하며 거부한다. 앞서 언급한 것처럼 그에게 부조리란 인간과 세계 사이의 팽팽한 대립인데, 이러한 대립 중 하나의 항이 사라진다면 부조리 자체가 사라지기 때문이다. 그는 부조리라는 실체를 극복하려는 것은 부조리를 회피하는 태도라고 일갈한다.

> 부조리는 인간의 부름과 세계의 비합리적 침묵 사이의 대결에서 생겨난다. 이것이 바로 우리가 잊어서는 안 되는 점이다. 그것이 인생의 모든 결과를 달라지게 할 수 있기 때문이다. 세계의 비합리와 인간의 열망, 그리고 양자의 대결에서 생겨나는 부조리, 이것이 바로 인생이라는 드라마의 세 등장인물이다.
>
> -〈시지프 신화〉에서

부조리를 극복하지 않는다면 우리는 부조리로 말미암아 죽을 수밖에 없는 것인가? 카뮈는 인생이 살 만한 가치가 없다고 생각한 나머지 죽는 사람들이 많지만, 자살 또한 대립되는 항목 중 하나인 인간 의식을 없앰으로써 부조리를 해소하고 기피하는 것이라 말한다. 그는 오히려 인생에 의미가 없으면 없을수록 더 훌륭히 살아갈 수 있다고 했다. 인간과 세계가 부조리한 대치 관계라는 운명을 남김없이 받아들이고, 체념을 거부한 채 반항하며 살아가는 것은 삶의 위대함을 회복시킨다. 운명과 정면 대결을 선언하는 사람은 무언가 강력하고 비범한 것이 있다는 것이다. 이렇게 부조리를 고집스럽게 버티고 반항하는 사람이 카뮈가 말하는 부조리 인간이다.

그렇다면 부조리 인간에게 자유란 무엇인가? 카뮈는 부조리를 직시하지 못하는 사람들이 자유에 대해 착각하며 살아가고 있다고 지적한다. 그들은 어떤 우월한 존재에 의해서 자유가 주어졌다고 생각하거나, 인간은 미래의 어떤 목표를 주체적으로 이룰 수 있는 자유가 있다고 생각한다. 하지만 사실 그것은 자유로 포장된 속박으로, 어떤 목표를 상정함으로써 스스로 그 목표에 순응하는 노예가 된다고 이야기한다.

> 부조리 인간은 자신이 실제로 자유롭지 않았다는 것을 깨닫는다. 더 정확하게 말하면, 자신의 미래에 대한 희망을 가짐으로써, 그리고 자신의 삶에 규칙을 정하고 삶에 의미가 있다는 것을 인정함으로써, 스스로가 온갖 벽을 만들어 그 속에 자신을 가두게 되는 것이다.
>
> -〈시지프 신화〉에서

우리는 이 사회의 가치나 윤리를 의심 없이 받아들이고 추구하며 살아간다. 고귀한 품성을 기르거나 직업 윤리에 맞게 일하고, 행복한 가정을 꾸리는 등의 목표와 희망에 따라 자신의 삶을 얼마간 통제하며 지낸다. 그런데 카뮈가 보기에 지상에서 가장 분명한 것은 사회적 가치나 희망이 아니라 바로 '내일은 존재하지 않는다'는 사실이다. 가장 확실한 것은 인간이 반드시 죽는다는 사실이고, 미래란 결국 죽음에 이르는 것과 다름없다. 따라서 미래에 대한 희망을 위해 노예처럼 살아가는 사람들은 자유롭다고 느끼는 것일 뿐 단순한 해방감에 지나지 않는다고 그는 지적한다.

부조리 인간은 죽음에 주목하여 부조리를 깨닫고 자신이 실제로 자유롭지 않았음을 깨달은 인간이다. 그렇다면 부조리 인간은 죽음에 속박된 나머지 자유를 상실한 것일까? 카뮈는 오히려 부조리 인간에게 진정한 자유가 주어진다고 이야기한다. 부조리 인간은 자신을 속박시켰던 사회적·윤리적 가치와 희망으로부터 해방된다. 또 죽음이라는 미래를 뚜렷하게 알기에, 지금 남겨진 삶에 대한 열광적인 관심 외에는 모두 마음속에서 지워진 자유로움을 맛본다. 따라서 미래를 위해 아껴두지 않고, 지금 자신에게 주어진 모든 것을 소진하며 살아가는 진정한 자유인이 된다.

그렇다면 부조리 인간은 무슨 짓이든 다 할 수 있는 인간인가? 지금까지의 논리에 따르면 세계는 무의미하고, 사회적 윤리나 규칙은 인간을 속박할 뿐이다. 카뮈는 "모든 것이 허용된다는 것은 제한되는 것이 아무것도 없다는 뜻이 아니다."라고 확실하게 말한다. 세상에 정해진 가치는 없기에 죄인은 없으나 책임지는 사람은 있다. 부조리 인간은 자신의 운명을 모조리 받아들이는 사람이기에, 자신이 범한 행동이 가져올 결과에 대해서도 받아들이고 책임지는 사람이어야 하기 때문이다. 이에 따라 부조리 인간은 윤리적인 규칙을 따르며 살아가기보다는 '인간의 삶을 구체적으로 보여주는 실례와 살아 있는 숨결'로써 살아가는, '인간들 속에서 살아 숨쉬며 전개되는 진리'에 따라 살아가는 사람이다.

다시 시지프로 돌아오면, 우리는 왜 카뮈가 그를 '부조리 인간'이라 칭했는지 그 뜻을 이해할 수 있을 것이다. 시지프가 신을 배

신한 이유는 지상에서 살아가기 위해서였다. 그는 지상에 대한 삶의 열정을 지녔으나, 신이 내린 형벌 때문에 산 위로 바위를 굴려 올리는 무의미한 일을 반복해야 하는 부조리의 전형이다. 카뮈는 시지프가 바위를 산 정상까지 굴려 올리고 내려올 때 잠시 동안의 휴식에 초점을 맞춘다. 카뮈는 그의 얼굴에서 말없는 기쁨을 발견한다. 그는 바위가 정상에서 굴러떨어지지 않을 것이라는 희망을 품지 않는다. 그는 바위가 정상에 도달하는 즉시 다시 굴러떨어질 것을 알고 있다. 다만 그는 다시 굴러떨어지는 바위를 맹렬히 노려보며 체념하지 않고 다시 바위를 굴린다. 자신의 운명을 똑바로 직시하며 모조리 받아들이고, 그 운명에 끝까지 반항하는 투쟁이 바로 시지프의 삶인 것이다.

> 이제 나는 시지프를 산기슭에 남겨둔다. 우리는 언제나 그가 짊어졌던 짐의 무게를 다시 발견한다. 그러나 시지프는 신들에 맞서 산 위로 바위를 굴려 올리는 끈질긴 성실성을 가르친다. …… 이제부터 그는 주인이 따로 없는 우주를 쓸모없는 것으로도 하찮은 것으로도 바라보지 않는다. 그는 이제 바위 부스러기 하나하나, 어둠 가득한 이 산의 광물 하나하나까지도 하나의 세계로 인식한다. 산 정상을 향한 끝없는 시지프의 투쟁이 인간의 마음을 가득 채우고, 행복한 시지프의 모습이 또한 우리의 마음속을 가득 채운다.
>
> -〈시지프 신화〉에서

'나는 거짓을 말하지 않는다.'라는 말처럼 거짓이 가득 담겨 있는 말도 없을 것이다. 집을 나서는 순간부터 우리는 익숙하면서도 편안한 가면을 꺼내 든다. 오늘 나와 마주하게 될 수많은 사람들을 불편하지 않게 하기 위해, 또 민낯의 자신을 들키거나 상처받지 않기 위해.

> "그쪽이 무엇을 원하는지 모르겠지만, 원하는 것을 드릴 수도 있지만, 그게 진짜는 아닐 거예요."
> "진짜라는 게 뭘까요? 전 다 솔직했는데요."
> "커피 좋아해요? 전 좋아해요. 진한 커피, 진한 각성. 정신 똑바로 차려야 하거든요. 당신들을 속이려면."
>
> – 영화 〈최악의 하루〉에서

우리는 타인이 원하는 것을 기꺼이 내어줄 수 있다. 남들을 위해, 남들에 의해, 남들의 시선을 의식하며 살아간다. 하지만 그것은 자신의 진짜 모습은 아니다. 그래서 거짓을 실감나게 연기하기 위해 우리는 정신을 똑바로 차려야 한다. 대부분 거짓말 너머의 진실을 알고 싶어 하지 않고, 진실을 안다는 것은 피곤하거나 고통스러울 수 있기 때문이다.

카뮈는 '남에게 보이기 위해' 사는 것이 배반이며, 그것은 곧 존재의 자기 축소를 가져온다고 말한다. 이를 쉽게 '생존'과 '실존'의 차이로 이야기해 보면, '생존'이란 말 그대로 살아 있는 생명을 유지하고 있는 상태라고 할 수 있다. 카뮈는 이를 '육체가 살아가는 습관에 따라 살아가는 삶'이라 이야기한다.

> 내가 나의 허영심을 채우려 할 때마다, '남에게 보이기 위해' 생각하고 살게 될 때마다, 그것은 배반이다. 남의 눈을 의식하며 행동하는 것은 엄청난 불행이고, 그로 인해 나의 존재는 진실 앞에서 점점 작아지는 것이다.
>
> – 카뮈가 노트에 남긴 기록에서

반면, '실존'이란 자신이 자유롭다는 사실을 알고 자신의 존재 의미를 스스로의 결단에 의해 선택하며 살아가는 상태라고 할 수 있다. 당시 두 차례의 세계대전을 겪은 서구 사회는 기존의 가치가 흔들리는 상황에서 자기 실존이 소외되는 고통과 절망 속에 있었다. 이때 소외된 현대인의 진정한 자아를 찾으려는 사상적인 노력에서 비롯한 것이 실존철학이며, 이는 남에게 보이기 위한 삶을 벗어나 주체적인 선택과 책임을 강조하는 사상이다. 카뮈는 그 자신이 실존주의자가 아니라고 언급했지만, 그의 사상과 작품 전체에는 이러한 실존주의의 경향이 흐르고 있다.

무대 장치들이 문득 무너져 내리는 일이 있다. 아침에 일어나 전차를 타고 출근, 사무실 혹은 공장에서 네 시간 노동, 점심 식사, 또 네 시간의 노동, 저녁 식사, 수면. 그리고 똑같은 일상이 반복되는 월, 화, 수, 목, 금, 토. 이 행로는 대개 큰 변화 없이 그대로 이어진다. 다만 어느 날 문득, '왜?'라는 의문이 솟아오르고 놀라움이 동반된 권태 속에서 모든 일이 시작된다.

-〈시지프 신화〉에서

육체가 살아가는 습관을 따라 생존하는 사람들은 아침에 일어나 출근하고, 사무실에서 네 시간 일을 한 뒤 점심 식사를 하고, 또 네 시간의 노동 후 저녁 식사를 한 뒤 잠을 청한다. 그리고 그다음 날 일어나 똑같이 출근을 하게 될 것이다. 그런데 '어느 날 문득' 이러한 권태롭고 몽롱한 삶에 의문이 들기 시작한다. 이렇게 사는 삶이 과연 살만한 것인가? 이렇게 살아가는 나는 누구인가? 카뮈는 이 순간 자유로운 척 연극하며 살아갔던 자신을 둘러싼 무대 장치들이 붕괴된다고 설명한다. 이전의 '나'와 다시는 이전으로 돌아갈 수 없는 '나' 사이에 균열이 생긴 것이다. 카뮈는 이 틈새를 파고들며 한 인물을 창조해 낸다.

무대 장치 위에서 연극하는 세상과 균열을 일으키기 위해 카뮈가 '뫼르소'라는 인물을 선택한 것은 매우 탁월한 결정이었다고 할 수 있다. 뫼르소는 학업을 포기하게 된 이후, 사회에서 세워놓은 가치들이 실제로는 그리 중요하지 않다는 것을 깨닫는다. 그는 파리의 출장소로 파견을 가보라는 상사의 제안을 거절하며, 어떤 생활이든지 다 그게 그거고 굳이 생활을 바꿔야 할 이유도 없다고 이야기한다. 세속적인 가치에 깊이 물들어 있는 사회에서 타인의 시선을 신경 쓰지 않고 연극하기를 거부한 사람의 삶은 어떻게 흘러갈 것인가?

연극을 거부한 인간, 뫼르소

《이방인》은 뫼르소에 대한 소설이라고 해도 과하지 않을 정도로 뫼르소는 특별한 인물이다. 그의 이인(異人)적인 면모는 소설의 첫 문장에서부터 드러난다.

> 오늘 어머니가 돌아가셨다. 아니, 어제였는지도 모르겠다. 양로원에서 보낸 전보 한 통을 받았다. '모친 사망. 내일 장례. 근조.' 그것만으로는 아무런 의미도 없다. 어쩌면 어제였을 수도…….

어머니가 죽었는데, 오늘인지 어제인지 모르겠지만 아무튼 그런 전보를 받았다고 그는 건조하게 이야기한다. 그의 무심한 태도는 어머니의 장례를 준비하고 진행하는 내내 이어진다. 슬퍼하는 기색 없이 어머니의 마지막 모습을 보려고 하지 않고, 어머니의 관 옆에서 졸음을 참지 못하며, 커피를 마시거나 담배를 피우는 등의 행동을 한다. 야외로 나온 그가 '어머니 일만 없었다면 산책하기에 얼마나 즐거울까.'라는 생각을 했다는 것, 장례가 끝난 뒤에 '이제는 드러누워 열두 시간 동안 실컷 잠잘 수 있겠구나 하고 생각했을 때의 나의 기쁨' 같은 표현을 보면 그의 행동이 마음과는 다르게 표현된 것이라고 할 수 없을 것이다.

또한 그는 타인을 대할 때도 비슷한 태도를 취한다. 그는 어머니의 장례 다음 날 마리라는 여자와 친밀해지는데, 자신을 사랑하냐는 상대의 질문에 사랑하는 것 같지는 않다고 이야기한다. 결혼에 대한 상대의 질문에도 그녀가 원한다면 결혼을 해도 좋으며, 다른 여자로부터 같은 청혼이 있었어도 승낙을 했을 것이라 말한다. 이는 레몽을 대하는 태도와도 유사한데, 친구가 되고 싶냐는 그의 질문에 어느 쪽이든 상관없다고 대답하고, 편지를 대필해 달라는 부탁이나 증인이 되어달라는 요청에는 거절할 이유가 없다는 이유로 승낙하고 만다.

뫼르소의 이러한 무심한 행동에는 어떤 의도가 있는 것이 아니다. 《이방인》의 1인칭 서술자는 뫼르소의 심리를 있는 그대로 드러내고 있기 때문에, 우리는 그의 기이한 말과 행동이 뫼르소의 있는 그대로의 모습임을 알게 된다. 뫼르소는 사회에서 중요하다고 생각하는 우선순위에 따라 움직이기보다는, 이래도 좋고 저래도 좋다고 생각하는 '마찬가지주의자'라고 할 수 있다. 그는 타인으로 인정받고자 하는 욕망이 없기에 주변의 시선에 무심하며, '법적인 질서'로 상징되는 이 세상의 규칙에 대해 무지하다. 살라마노 영감과의 대화에서 그는 자신을 바라보는 타인의 시선을 처음 알게 된 듯한 반응을 보인다. 살라마노는 동네 사람들이 뫼르소가 어머니를 양로원에 넣은 것을 안 좋게 바라보고 있지만 자신은 그가 어머니를 사랑했던 사람이라는 것을 안다고 말한다. 뫼르소는 어머니 때문에 자신이 악평을 받고 있다는 사실을 전혀 모르고 있었다고 말하며, 돈이 없어 부모를 양로원에 넣는 것이 자신에게는 이상할 것 없는 일이었다는 식으로 반응한다. 그는 세상을 이해하지 못하고 세상 또한 그를 이해하지 못한다.

> 살라마노 노인이 "어머니께서 돌아가신 뒤로 마음이 많이 안 좋겠구나."라고 말했지만 나는 아무 대답도 하지 않았다. 그러자 노인네는 어색한 얼굴로 다급하게, 내가 어머니를 양로원에 보냈기 때문에 동네 사람들이 나를 안 좋게 본다는 건 알고 있지만 내가 어떤 사람인지 잘 알고 내가 어머니를 무척 사랑했다는 것을 안다고도 말했다. 나는 그런 일로 내가 사람들에게 비난받고 있다는 걸 전혀 몰랐다고 대답했다. 경제적으로 어머니를 돌봐줄 여유가 없어서 양로원에 모시는 게 당연하다고 생각했다고 말했다.
>
> -《이방인》에서

연극하지 않고 자신의 맨얼굴을 그대로 드러내는 뫼르소의 모습은 낯설면서도 위태롭게 느껴진다. 사회적 관습에 무지하거나 적응하지 못하는 사람들이 받게 되는 결말을 독자들은 알기 때문이다. 우리는 "안 했으면 좋겠습니다."라고 외치다가 결국에는 아사하여 죽어버린 〈필경사 바틀비〉 속 바틀비를 떠올리거나, 자본의 논리로부터 날개를 달고 탈출해 버린 이상의 〈날개〉 속 주인공을 떠올리게 된다. 관습적인 연극에서 벗어나 있는 뫼르소의 행동 또한 결국 그를 죽음으로 몰고 가는 결정적인 이유가 되고 만다.

뫼르소가 방아쇠를 당긴 이유

뫼르소가 '마찬가지주의자'로 드러나는 부분을 자세히 살펴보면, 대체로 짧으면서 수식이나 묘사가 없는 건조한 문장이 사용됨을 알 수 있다. 반면, 그가 자연을 대하거나 육체의 욕구를 느끼는 장면은 강렬한 형용사를 동원한 길고 감각적인 문장이 사용된다. 마치 하나의 시적 이미지처럼 보이는 이러한 문체를 통해, 우리는 '바다, 바람, 태양, 저녁' 등의 이미지들이 상징적인 의미로 제시되고 있음을 알 수 있다. 특히 '태양'의 이미지는 끈질기게 뫼르소를 따라다니며, 그가 아랍인과 대치하고 있는 장면에서 방아쇠를 당기게 하는 원인이 된다. 도대체 왜 뫼르소는 태양 때문에 방아쇠를 당기게 된 것일까?

태양의 상징적 의미를 찾기 위해서는 뫼르소가 태양에 대해 묘사한 부분을 살펴야 한다. 그는 마리와 함께 레몽 친구의 별장에 간다. 레몽을 노리는 아랍인들과 두 번의 대치 후, 뫼르소는 혼란스러운 상황을 피해 바위 뒤의 서늘한 샘에 찾아가서 쉴 생각을 한다. 샘으로 들어서는 길목에서 그는 아랍인을 다시 만나 대치하는데, 팽팽한 긴장감 위로 뜨거운 햇볕이 내리쬔다.

> 타는 듯한 햇볕이 뺨을 데우기 시작했다. 눈썹 위로 고이는 땀방울이 느껴졌다. 어머니의 장례식날과 똑같은 태양이었다. 그때처럼 유달리 이마가 아팠고, 이마 아래의 혈관들이 터질 듯했다. 불타는 태양을 견딜 수 없어 나는 한 걸음 앞으로 나갔다. 어리석은 짓임을 알고 있었다. 한 걸음 움직인다고 태양을 피할 수는 없으니까.
>
> -《이방인》에서

태양에 대한 뫼르소의 묘사 중 먼저 눈에 띄는 것은, 태양으로부터 벗어날 수 없으며 그 뜨거움을 견디기 어렵다는 것이다. 겉보기에 그는 아랍인과 대치 중인 것 같지만, 실상은 벗어날 수 없는 뜨거운 태양과 대치 중이다. 또한 이 태양은 어머니의 장례식을 치르던 그날과 똑같은 태양이다. 어머니의 장례식을 치르던 장면으로 돌아가 보면, 그 태양은 땅 위로 무겁게 내리쬐는 태양이며, 비인간적이고도 사람의 기를 꺾어놓는 분위기를 자아내는 태양이다. 여기서 우리는 앞서 살펴본 〈시지프 신화〉의 팽팽한 대립이 떠오를 것이다. 카뮈는 세계를 향한 인간의 열망과 세계의 비인간적인 닫혀 있음이 팽팽하게 대립하는 것이 부조리라고 설명한 바 있다. 그렇다면 태양은 자연을 열망하는 뫼르소와 대립하고 있는 비합리적인 세계를 상징한다고 할 수 있으며, 뫼르소는 부조리한 상황에 처해 있다고 할 수 있다. 그런데 태양의 빛은 아랍인의 단도에 반사되어 '길쭉한 칼날'로 변해 마치 뫼르소를 찌르는 것처럼 그를 압박한다. 뫼르소는 '두 눈을 파헤치는' 빛의 칼날 앞에 균형을 잃고 총을 발사하고 만다. 이처럼 그는 태양과의 대결에서 패배하고 만 것이다.

살인죄로 법정에 선 뫼르소는 권총을 쏜 것이 태양 때문이었다고 말하는데, 그의 말은 진실이다. 뫼르소는 아랍인을 살해할 의도가 없었다. 아랍인들과의 두 번째 대치에서 뫼르소는 레몽이 아랍인을 향해 기어코 총을 쏘고야 말 것이라고 생각하며 그의 총을 자신이 받아 든다. 마찬가지주의자 뫼르소는 총을 쏠 수도 있고 쏘지 않을 수도 있었다. 그런데 마침 태양의 압박을 견디기 어려운 순간에 아랍인이 그곳에 있었고, 그의 칼날에 비친 햇빛이 그에게 '총을 쏠 것인지 쏘지 않을 것인지' 양단간의 선택을 강요했으며, 그는 태양의 압박에 못 이겨 총을 쏘고 말았다. 모든 것은 의도 없는 우발적인 선택이자 우연이었던 것이다.

뫼르소는 총을 한 발 쏘고 나서 뒤이어 네 발의 총알을 발사한다. 예심판사는 왜 첫 발과 둘째 발 사이에 간격이 있었는지, 오직 그 점이 이해되지 않는다며 흥분 섞인 취조를 시작한다. 판사의 질문을 살펴보면 공교롭게도 '왜'라는 의문사가 총알처럼 다섯 번 등장한다. 그는 첫 발과 둘째 발 사이에 왜 기다렸는지, 쓰러진 시체에다 대고 왜 총을 쏘았는지, 도대체 왜 그랬는지 까닭을 말해달라고 말한다. 뫼르소는 그 문제는 그다지 중요한 것이 아니라고 생각한다. 주체를 바꿔서 예심판사에게 '왜 '왜'라는 의문사를 다섯 번 사용한 것인가요?'라고 묻는다면 똑같은 대답이 나올 것이다. 모든 것은 우연이었기 때문이다.

"첫 발과 둘째 발 사이에 왜 기다린 겁니까?" …… 이어지는 침묵에 판사는 답답해하는 것 같았다. …… "왜, 도대체 왜 쓰러진 시체에다 또 쐈습니까?" 이번에도 무슨 대답을 해야 할지 몰랐다. 판사는 이마를 쓸어내리더니 조금 다른 어투로 또 물었다. "왜 그랬습니까? 대체 왜? 대답해 보세요." 나는 여전히 입을 열지 않았다.

-《이방인》에서

우연적이고 우발적인 행동이었다고 해서 살인이 정당화되는 것은 아니다. 《이방인》을 이해할 때, 우리는 카뮈가 '죽음'의 문제에 집중하고 있는 맥락을 읽을 수 있어야 한다. '뫼르소가 살인죄를 저질렀는가?'에 집중한다면 그가 2부에서 보이는 모든 행동과 생각은 변명에 지나지 않기 때문이다. 카뮈의 관심은 뫼르소의 범죄 여부보다 '죽음'이라는 장치를 통한 '부조리의 서사'를 만들어내는 것이다. 《이방인》에는 세 번의 죽음이 나온다. 어머니의 죽음, 아랍인의 죽음, 그리고 뫼르소의 죽음이 그것이다. 이 세 번의 죽음을 통해 뫼르소는 성찰하고 행동하며 각성하게 된다. 또한 어머니의 죽음과 아랍인의 죽음은 결국 뫼르소의 죽음으로 향하게 되는데, 동떨어진 사건인 두 죽음이 어떻게 연결되어 뫼르소를 사형으로 몰고 가는지가 이 소설을 이해하는 관건이라고 할 수 있겠다. 요컨대 《이방인》이라는 텍스트에 등장하는 죽음을 하나의 문학적 장치로 이해하는 편이 이 소설의 핵심을 제대로 바라보는 하나의 가이드가 될 수 있다.

내가 알고 싶은 당신

살인범으로 체포된 뫼르소는 예심판사 앞으로 불려간다. 예심판사는 "내가 알고 싶은 것은 당신입니다."라고 말하며 그를 심문한다. 하지만 그 말과는 달리 예심판사는 뫼르소가 하느님을 믿고 용서를 구하고 있는지에 주목할 뿐이다. 이러한 예심판사의 관심은 짧은 한 문장 안에 압축되어 있다. "오늘은 끝났습니다, 반기독교주의자 씨." 그에게는 뫼르소가 기독교 신자인지 반기독교주의자인지의 여부가 중요했을 뿐이며, 앞으로 뫼르소는 '반기독교주의자'라는 단순한 의미 속에 갇히게 된다.

> 인간은 언제나 자신의 진리에 사로잡혀 있다. 일단 그 진리들을 인정하고 나면 거기서 빠져나올 수 없게 된다.
>
> -〈시지프 신화〉에서

카뮈는 인간이 '자신의 진리'에 사로잡혀 세상을 바라본다고 말한다. 타인을 바라볼 때도 마찬가지다. 인간은 손쉽게 자신만의 관점으로 타인을 바라보곤 하는데, 《이방인》에서 이러한 태도가 문제가 되는 이유는 판사의 태도가 그러하기 때문이다. 한 인간의 행동을 심판하기 위해서는 그가 저지른 일 자체만을 바라봐야 한다. 타인들이 바라보는 편견이나 이미지에 따라 형벌이 결정되는 것은 정의로운 심판이라고 할 수 없다. 그런데 예심판사는 자신이 정의롭지 못한 심문을 하고 있다는 것을 자각하지 못하며, 오히려 정의의 사도 역할을 수행하는 것처럼 뫼르소를 압박한다. 카뮈의 말 그대로, 그는 자신의 진리에 사로잡혀 있는 듯 보인다.

자신의 진리에 사로잡힌 사람들은 입체적인 한 인간의 단면만을 보고서 그를 모두 이해한 것처럼 이런저런 평가를 쏟아낸다. 더 나아가 자신의 진리에 사로잡힌 사람들은 타인에게 죄책감을 심어주는 방식으로 타인을 지배하고자 한다. 누가 정했는지 모를, 실체가 불분명한 관습을 잣대로 도덕적 비난을 서슴지 않는 것이다.

나는 도대체 누구에 대해서, 무엇에 대해서 그것을 알고 있다고 말할 수 있겠는가? 내 안의 이 마음, 나는 이 마음을 느낄 수 있으며 이것이 존재한다고 믿는다. 이 세계, 나는 이 세계를 만져볼 수 있으며 이것이 존재한다고 믿는다. 그런데 내가 그 존재를 확신하고 있는 나의 자아를 막상 포착해 보거나 정의하고 요약해 보려고 하면, 마치 손가락 사이로 새어 나가는 물처럼 그 존재를 붙잡을 수가 없게 된다.

여기 이 풀잎과 별들의 냄새, 밤, 마음이 느긋해지는 저녁나절. 내가 이토록 그 저력과 힘을 실감하는 이 세계의 존재를 어찌 부정할 수 있겠는가? 그러나 세상의 모든 지식은, 이 세계가 나의 것이라고 확신시켜 줄 만한 어떤 것도 제공하지 못할 것이다.

–〈시지프 신화〉에서

그런데 과연 누가 알 수 있을까? 이 세상과 인간에 대한 절대적인 진리를 정확하게 아는 것이 가능할까? 카뮈는 '나'라는 존재가 있음과 이 세계가 있음을 알 수 있지만, 그것을 포착하고 정의하는 것은 불가능하다고 이야기한다. 우리가 세상에 대해, 그리고 인간에 대해 온전히 알 길이 없다면 방법은 하나뿐이다. 정확하게 말할 수 없는 것은 알 수가 없다고 이야기하는 것, 타인이 내세우는 진리에 대해서 나와는 아무 관계가 없다고 말하는 것이다. 카뮈는 독일의 친구에게 보낸 편지에서 거짓말이란 '단순히 있지도 않은 것을 있다고 말하는 것'뿐만 아니라, '자기가 아는 것보다 더 말하는 것에 동의하는 것' 또한 거짓말이라고 강조한다. 결국 카뮈는 자신이 아는 것보다 더 많이 말하고 그것으로 타인을 평가하는 예심판사의 모습을 통해, 자신만의 진리에 사로잡힌 인간의 기만성과 폭력성을 폭로하고 있는 것이다.

사형수로서의 인간

《이방인》 2부에서 재판이 진행되고 나서 뫼르소라는 인물은 변화한다. 마찬가지주의자 뫼르소는 예심판사의 심문이 시작될 때까지만 해도 자신의 사건에 대해 진지하게 생각하지 않는다. 그는 변호인을 반드시 세워야만 하냐고 묻거나, 자신이 심문을 받는 장면이 장난 같다고 느끼기도 한다. 그는 무관심하고 심드렁한 자아와 바깥 세계가 즉각적으로 일체감을 누리고 있다고 믿는 듯 보인다. 자아와 세계가 일체감을 누릴 때 인간은 세계를 향유할 뿐이지만, 자아와 세계가 분열되는 지점에서 자기반성이 시작된다. 뫼르소 또한 육체적인 욕구에 즉각적으로 반응하고 세계와 일체감을 누렸던 공간에서 쫓겨나 교도소에 수감되면서부터 세계와의 분열을 느낀다. 그는 형무소에 수감되어 가장 괴로웠던 것이 '자유로운 사람의 생각을 버리지 못하고 있다는 것'이며, 가령 '바닷가에 가고 싶고 바닷물 속으로 들어가고 싶은 욕망' 등이 충족되지 못하는 것이라고 언급한다. 그는 쇠밥그릇에 비친 자신의 얼굴을 들여다본다. 그 얼굴은 자신이 아무리 웃으려고 해도 여전히 정색을 하고 있다. 동시에 오래전부터 그의 귀에 울리고 있던 소리가 사실은 뫼르소 자신이 혼자서 이야기하던 소리임을 깨닫는다. 그는 이전과는 다른 자신의 얼굴을 발견한 것이며, 새로운 뫼르소로 각성한 것이다.

> 그날 교도관이 가고 나서 나는 쇠밥그릇에 비친 내 얼굴을 보았다. 그릇에 비친 얼굴을 보며 아무리 웃으려 해봐도 그저 심각해 보일 뿐이었다. …… 그런데 그와 동시에, 몇 달 만에 처음으로 내 목소리가 똑똑히 들렸다. 이미 오래전부터 내 귀에 울려퍼지던 소리였는데, 그것이 혼잣말이었다는 것을 그제야 깨달았다.
>
> -《이방인》에서

뫼르소는 자신을 제외한 모든 사람들이 같은 세계의 정다운 사람들이며, 자신은 '침입자 같고 남아도는 존재인 것 같다'는 느낌을 받는다. 나아가 그들이 자신을 얼마나 미워하는지를 느끼며 울음을 터뜨릴 뻔하기도 한다. 뫼르소는 이때부터 본격적으로 재판 과정을 유심히 관찰하기 시작하며, 사형선고가 내려진 뒤 본격적으로 자신의 사고를 전개해 나간다.

그는 재판 결과를 받아들일 수 없다고 하며, 판결이 내려진 시간이 17시가 아니라 20시였다는 것, 그것이 속옷을 갈아입는 인간들에 의해 결정되었다 것 등의 다소 터무니없는 이유를 든다. 하지만 이는 앞서 뫼르소가 보여준 무심함이나 비논리성과는 달라 보이는 측면이 있다. 터무니없는 이유를 들어 판결을 수용하지 않는 모습을 통해, 판결 과정이 터무니없었음을 반증하는 목소리로 들리기 때문이다. 절대 인정하고 싶지 않은 결과가 자신에게 확실하고 심각한 사건으로 다가오면서 뫼르소는 삶의 이유에 대해 숙고하기 시작한다.

> 상고 기각. '그럼 죽는 거지. 다른 사람들보다 먼저 죽겠지.' 분명했다. 하지만 다들 알다시피 인생은 살 만한 가치가 없다. 사실 서른에 죽든 일흔에 죽든 별반 다르지 않다는 걸 모르지 않았다. …… 죽는 바에야 언제, 어떻게 죽는지는 중요하지 않다. 그것은 명백한 일이었다. 그러므로(이 '그러므로'라는 말이 나타내는 모든 추론을 놓치지 않는 것이 어려웠다.), 그러므로 나는 상고가 기각된 것을 받아들일 수밖에 없었다.
>
> -《이방인》에서

뫼르소는 어쩔 수 없이 받아들여야 하는 피할 수 없는 삶의 확실한 진실을 자각한다. 그것은 바로 모두가 죽는다는 사실이다. 1부에서의 뫼르소는 논리적인 판단보다는 즉각적인 욕구 충족에 더 민감했던 인물이었다. 하지만 각성한 뫼르소는 삼단논법에서 결론을 이끌어내는 접속사인 '그러므로'를 사용하여 논리적 결론을 이끌어내며 명료한 의식을 견지하게 된다. 죽음이라는 부조리를 떠안게 된 새로운 뫼르소의 목소리는 작품의 말미에서 강렬하게 터져 나온다.

그는 부속 사제에게 목이 터지도록 고함치며 자신의 명철한 의식을 전개해 나간다. 먼저 사람들이 가지고 있는 신념이란 중요한 것이 아니라고 말한다. '미래의 저 밑바닥으로부터 항시 한 줄기 어두운 바람'이, 즉 죽음이라는 확실한 미래가 다가오고 죽음은 모든 것을 아무 차이가 없는 것으로 만들기 때문이다. 죽음은 비껴갈 수 없는 확실한 진리이므로, 이를 비껴가기 위한 모든 행위는 헛될 수밖에 없다. 그는 결국 인생이란 무의미하다는 결론을 내리고는 희한한 내면의 평화가 밀물처럼 흘러 들어오는 것을 느낀다.

> 잠든 여름이 선사하는 경이로운 평화가 밀물처럼 내 안에 흘러들었다. 그 순간, 밤의 저 끝에서 뱃고동 소리가 울려 퍼졌다. 그것은 이제 나와는 영원히 무관한 세계로의 출발을 알리고 있었다.
>
> -《이방인》에서

인생의 무의미성을 자각하고 필멸의 존재인 자신의 운명을 인식한 뫼르소는 진정으로 자신을 인식한 인간이 된다. 죽음이라는 부조리가 자신의 운명임을 인식한 인간은 어떤 희망이나 가치에 갇히지 않고 자신의 운명을 직시하며 진정한 삶을 살아가기 시작한다. 세상의 관습이나 가치가 정해준 운명이 아니라 자신이 자각한 운명을 살아가는 것이다. 뫼르소는 여기서 어머니를 떠올린다. 어머니가 왜 한 생애가 다 끝나갈 때 약혼자를 만들어 가졌는지를 그는 이해한다. 죽음이 가까워진 시간에 비로소 어머니는 자신의 운명에 대해 자각했으며, 갇혀 있던 가치로부터 해방되어 모든 것을 소진하며 아낌없이 이 세상을 살아가고자 했던 것이다.

뫼르소는 자신도 모든 것을 다시 살아볼 수 있을 것 같은 생각을 하며, '세계의 정다운 무관심'에 마음을 연다. 세계의 정다운 무관심에 마음을 연다는 것은 자신의 운명을 두 팔 벌려 끌어안는 행위이며, 자신의 진정한 실존을 만나게 된 결과이다.

> 어느 이른 새벽, 감옥 문이 열리고 문 앞으로 끌려 나온 사형수가 맛보는 기막힌 자유로움 …… 죽음과 부조리야말로 진정한 자유의 원리, 즉 인간의 가슴이 경험할 수 있고 표현할 수 있는 자유의 원리라는 것을 우리는 분명히 느낄 수 있다.
>
> -〈시지프 신화〉에서

뫼르소는 죽음을 피하려 하기보다는 죽음을 총체적으로 받아들인다. 죽음을 받아들인 뫼르소는 생생하고 확실한 삶에 대한 열정으로 불타고 있다. 그는 사형 집행을 받는 날 많은 구경꾼들이 증오의 함성으로 자신을 맞아주기를 바란다. 그는 구경꾼이라 불리는 이 세계의 뻔한 관습과 상식에 동화되거나 인정받고 싶은 마음이 없다. 그가 원하는 것은 자신의 명철한 인식 속에서 죽음을 맞이하는 것이며, 연극하는 세계가 요구한 무수한 거짓들을 거부하는 것이다. 따라서 증오의 함성은 뫼르소의 반항과 거부가 성공했다는 증거이며, 그 자신에게는 환호의 함성이 될 것이다.

프로크루스테스의 침대

프로크루스테스는 그리스 신화에 나오는 노상강도이다. 그는 지나가는 나그네를 붙잡아 쇠침대에 눕혀 침대 길이보다 길면 그만큼 잘라내고, 침대 길이보다 짧으면 늘여 죽였다. '프로크루스테스의 침대'라는 관용구는 타인의 고유성을 인정하지 않고 자신의 기준에 맞게 사람들을 재단하는 사람을 비유할 때 주로 사용된다. 뫼르소는 '사법, 재판' 등의 이름으로 불리는 프로크루스테스라는 강도에 의해 희생당한 인물이며, 이것이 뫼르소의 재판 과정 중에 드러나는 가장 중대한 문제라고 할 수 있다.

나에 대한 신문이 곧 시작되었다. 재판장은 친절하게 느껴질 만큼 차분하게 질문을 했다. 우선 인정신문부터 했다. 짜증이 나긴 했지만, 자칫 엉뚱한 사람을 재판하면 큰일이기 때문에 당연한 일이라고 생각했다.

-《이방인》에서

뫼르소의 위와 같은 언급에 우리는 주목할 필요가 있다. 어떤 사람과 다른 사람을 구별할 때 우리는 그들 각각의 고유성을 서로 비교하기 마련이다. 마찬가지로 어떤 사람을 다른 사람으로 착각한다는 것은 그 사람의 고유성을 오해했거나 잘못 인지했다는 뜻이 된다. 앞서 살펴봤던 예심판사와의 심문에서나 이후 진행되는 재판 과정에서 뫼르소는 그의 고유성을 철저하게 박탈당한다.

뫼르소는 그의 변호인에게 자신은 '육체적 욕구가 감정보다 앞서는 성격'이라고 설명한다. 장례식에서 보인 행동은 그가 매우 피곤한 상태였기 때문이며, 어머니가 돌아가시지 않았으면 좋았을 것이라고 말한다. 하지만 변호인은 그것으로는 충분하지 않다고 하며 그의 고유성에 의문을 표한다. 또한 뫼르소와 가깝게 지냈던 증인들은 각자 자신이 아는 뫼르소에 대해 증언한다. 그 사람들의 증언은 뫼르소가 어떤 사람인지를 무엇보다 정확하게 알려주는 도구가 될 수 있으나, 이들의 증언은 재판장이나 배심원에게 그다지 큰 영향을 주지 못한다. 오히려 장례식 때 그를 잠깐 보았을 뿐인 양로원 원장과 관리인의 증언이 뫼르소의 사건에 핵심 증언으로 작용한다. 더 가관인 것은 토마 페레스의 증언이다. 그는 뫼르소가 눈물을 흘리는 것을 보았느냐는 물음에 보지 못했다고 대답하고는, 뫼르소가 눈물을 흘리지 않는 것을 보았느냐는 물음에도 보지 못했다고 대답한다. '모든 것이 진실이기도 하고 진실이 아니기도 하다'는 변호인의 단호한 언급이 증언의 과정을 관통한다. 증인들의 증언 또한 뫼르소의 진정한 모습을 드러내지 못하고 있는 것이다.

검사의 논고 역시 뫼르소를 오해하기는 마찬가지다. 그의 발언은 뫼르소라는 한 인간과 사건의 진실을 바라보려 하기보다는, 뫼르소의 비도덕적인 측면에만 몰두한 듯 보인다. 검사는 아랍인 살해 사건보다 어머니의 장례식에서 보여준 뫼르소의 비인간적인 행동이나, 포주 노릇을 하는 레몽과 친구인 뫼르소가 치정 사건에 연루되어 있다는 것을 강조한다. 이를 통해 그가 아랍인을 살해하기 전에 이미 어머니를 마음으로 매장한 살인범이라는 결론을 낼 수 있는 것이다.

뫼르소를 변호하는 변호인의 모습에서조차 뫼르소의 고유성은 손쉽게 제거된다. 변호인은 의견을 내려는 뫼르소에게 가만히 있어야 일이 잘 처리될 것이라며 제지한다. 심지어는 최종 변론에서 '제가 살인을 저지른 건 맞습니다.'와 같이 '저(나)'라는 인칭대명사를 사용하여 뫼르소를 변론한다. 변론 과정에서도 뫼르소의 존재는 변호인으로 대체되어 철저히 소외되어 있으며, 뫼르소가 느낀 '법정에서 아득히 멀어져 있는 느낌'이야말로 이러한 소외를 단적으로 보여주는 대목이라고 할 수 있다.

이러한 재판 과정은 서구 유럽이 지닌 오래된 전통적 가치에 반기를 드는 대목이라고 할 수 있다. 이성과 논리로 뫼르소를 추궁하는 검사의 변론은 그 누구보다 비논리적인 반면, 태양 때문에 총을 쐈다는 뫼르소의 발언에는 차라리 단순한 진실이라도 있음을 독자들은 인지한다. 이에 따라 합리주의와 기독교 같은 관례들이 인간의 본질을 드러내기보다는 그 고유성을 훼손하고 있으며, 무고한 반기독교주의자들이 이방인으로 머물면서 때로는 사형을 당할 수도 있다는 불편한 진실이 드러나게 된다.

> 검사와 변호인은 의견을 진술하는 동안 내 이야기를 많이 했다. 어쩌면 내 범죄 자체에 대한 이야기보다 더 많이.
>
> -《이방인》에서

뫼르소는 재판정에서 변론이 오가는 동안 범죄에 대해서보다 자신에 대해 더 많은 이야기가 오가는 것을 포착한다. 이 재판에서 줄곧 이야기되고 있는 뫼르소는 그들이 생각하는 뫼르소이며, 뫼르소의 운명은 사람들이 재단해 버린 가짜 뫼르소에 대한 판결로 인해 결정될 것이다. 재판정이라는 프로크루스테스의 침대에 맞게 뫼르소는 희생될 것이다.

혐오는 어떻게 싹트는가

뫼르소가 사형에 처해지는 과정을 보면 그를 향한 대중의 미움과 혐오의 감정을 읽을 수 있다. 뫼르소 자신도 사람들이 자기를 얼마나 미워하는지 느낄 수 있었다고 말하고 있다. 여기에서 우리는 어떤 인간, 나아가 어떤 집단을 향한 혐오의 감정이 어떻게 시작되고 짙어지는지 살펴볼 필요가 있다.

먼저 혐오의 대상이 되고 있는 뫼르소는 사람들에게 낯선 느낌을 준다. 그와 대화를 나눈 사람들은 뫼르소를 이해하지 못하고, 뫼르소는 자신이 다른 사람들과 다를 바가 없음을 설명하고자 한다. 그는 누구나 하는 연극을 하지 않고 거짓말을 하지 않으며, 정직함만을 고수하는 사람이다. 이런 낯선 뫼르소를 대하는 사람들의 반응은 예심판사를 통해 잘 드러난다. 처음에 그는 뫼르소라는 인물에 호기심을 가지고 다가간다. 하지만 자신이 고수하고 있는 사회적 가치가 뫼르소를 통해 인정되지 않으면서 그는 분연히 주저앉는다. 사람이라면 누구나 하느님을 믿어야 하며, 그렇지 않다면 그 삶은 무의미해질 것이라고 소리치며 분노한다.

판사는 분개하며 자리에 앉았다. 그러고는 '그럴 수는 없다'며, 세상에 하느님을 믿지 않은 사람은 없고 애써 하느님을 외면하는 자들도 하느님을 믿게 되어 있다고 말했다. 이것이 바로 자기 신념이었으며, 만약 그것을 조금이라도 의심하게 된다면 자기 삶이 무의미해질 거라고 했다.

-《이방인》에서

사실 예심판사의 신념과 뫼르소의 신념은 아무 관계도 없는 일이다. 그러나 판사는 자신의 신념을 수용하지 않는 뫼르소의 발언에 분연히 주저앉으며, 그로 인해 자신의 삶이 무의미해질 수 있다고 생각하여 두려움을 느낀다. 자기애와 자기 보호의 한 형태인 두려움이라는 감정은 자신의 안녕을 위해 일하기 시작한다. 판사뿐 아니라 재판정에 모인 사람들은 뫼르소로 인해 일제히 자신들에게 위험이 닥칠 수 있다고 생각한다. 자신들의 가치관이 부정당하거나, 공고한 사회적 지위 체계에 조금이라도 균열이 날 수 있다고 여기는 것이다. 검사는 뫼르소가 보이는 심리적 공허가 사회 전체를 삼켜버릴 수도 있는 위험성을 갖는다고 주장한다. 어떤 문제로 인해 자신이 속한 공동체의 안녕이 위협받는 순간, 그 문제는 순식간에 거대한 두려움을 일으키는 큰 위협이 된다. 이러한 두려움은 분노와 연결되는 모습을 보인다. 검사는 뫼르소의 행동이 인간 사회를 등지는 것이며, 인정에 호소할 수도 없는 극악무도한 행위임을 강조한다. 검사의 마지막 발언은 뫼르소에 대한 검사의, 그리고 그에 감응한 배심원들의 혐오의 감정을 여실히 드러낸다. 그는 흉악무도한 것 외에는 다른 가치를 찾아볼 수 없는 인간에 대한 '혐오감'에 대한 균형을 회복하기 위해 뫼르소의 목을 요구한다. 뫼르소를 사형시킴으로써 혐오감은 보상을 받고 세상은 신성한 빛을 받으리라 여긴다.

> "저는 피고인의 목을 칠 것을 요청합니다. 그럼에도 제 마음은 가볍습니다. 제가 오랜 검사 생활을 하면서 사형을 구형한 적이 여러 번 있지만, 오늘만큼은 괴로움이 덜합니다. 절대적이고 신성한 법정에서 극악무도하다는 것밖에는 느껴지지 않는 한 인간을 심판할 수 있을 뿐 아니라 그렇게 함으로써 세상이 균형을 회복하고 환하게 밝아질 것이라고 느꼈던 적은 없었기 때문입니다."
>
> -《이방인》에서

아랍인 살해와 아무 관계도 없는, 어머니의 장례식에서 보인 뫼르소의 행동에 격앙되는 모습을 보이며 그를 죄인으로 여기고 그의 목을 요구하는 사람들. 두려움의 산물인 분노는 자신의 안녕을 위해 자신과는 나른 존재를 통제하고, 통제되지 않는 존재를 낙인찍고 혐오하며, 정의의 이름으로 그를 매장시키고 만다.

> 오후에도 커다란 선풍기는 여전히 법정의 무더운 공기를 휘저었고, 배심원들은 저마다 가지각색의 조그만 부채를 모두 같은 방향으로 흔들고 있었다.
>
> –《이방인》에서

뫼르소를 매장시킨 이들은 가지각색의 부채를 들고 있으나 모두 같은 방향으로 부채질을 한다. 같은 입장을 지닌 다수의 특권층이 취약한 소수를 향해 싸늘한 시선과 혐오의 감정을 덮어씌우는 모습을 우리는 재판정에서 목격한다. 과연 연극하지 않는 부조리 인간이 인간 사회에서 살아남을 수 있을까?

다시 삶으로

부조리 인간은 비극적이다. 그가 향하는 곳은 확실한 죽음의 세계이므로 뫼르소는 비극을 향해 달려간다고 할 수 있다. 또한 부조리 인간은 외딴섬에서 나타난 이방인과 같이 낯설고, 그의 낯선 행동은 사람들을 두렵게 만들거나 혐오의 대상이 되기도 한다. 그럼에도 불구하고 뫼르소의 삶은 우리에게 매력적으로 다가온다. 다소 부담스러우면서도 결국 마음을 빼앗기는 부조리 인간 뫼르소를 우리의 삶 안에서 어떻게 받아들일 수 있을까?

앞서 말했듯《이방인》2부는 1부의 일상적 삶에 대한 해석이다. 지금까지 2부에서 드러나는 해석의 갈등에 주목했다면, 뫼르소의 논리로 1부의 사건들을 다시 들여다볼 때 새롭게 읽히는 장면들이 있다. 뫼르소와 마리가 함께 수영하며 서로의 육체에 탐닉하는 장면이나 회사 동료 에마뉘엘과 질주하여 화물차에 올라타고 숨이 넘어갈 듯 웃는 장면 등은 자신에게 주어진 육체적 충일성을 만끽하는 모습을 보여준다. 카뮈가 말한 명확한 자기 운명의 인식과 삶에 대한 열정은 이렇게 2부의 인식을 1부의 일상에 비춰볼 때 드러나게 된다.

2부의 인식을 견지하며 1부의 열정적 일상을 사는 부조리 인간은 사회의 편견에서 자유롭지 못할 것이다. 그는 이방인의 위치에 머물며 숱한 오해 속에서 살아가게 될 것이 자명하기에 선뜻 따르기가 망설여지는 것이 사실이다. 다만 뫼르소가 기울어지기 쉬운 우리의 균형추가 되어줄 수 있지 않을까? 공동체의 관습이나 사회적 자아 쪽으로 쉽게 삶의 중심이 이동하고 마는 우리에게, 진정한 자유와 본래적 자아 쪽을 돌아볼 수 있도록 말이다. 이 세계에서 살아남아야 하는 세속인으로서의 한계를 인정하면서도, 지금 우리 삶의 중심이 어디를 향해 나아가고 있는지 늘 점검하고 성찰하게 한다는 점에서 이방인 뫼르소를 친구로 남겨두는 것은 어떨까.

생각할 거리

1. 시지프는 오르막을 향해 끝없이 돌을 굴린다. 그는 돌이 다시 굴러떨어질 것을 알면서도, 운명을 모조리 받아들이며 다시 돌을 굴려 올린다. 우리 삶도 이와 비슷하다. 그렇다면 여러분이 쳇바퀴처럼 반복되는 삶을 살아가는 이유는 무엇인가? 그리고 인생의 돌을 굴려 올리는 자신의 원동력은 무엇인지 생각해 보자.

2. 카뮈는 인간이 스스로 자유롭다고 생각하지만, 사실 자유로운 의지로 추구하는 그 목표가 인간을 구속한다고 말한다. 자유로운 욕망이라고 생각했지만 사실은 자신을 속박하고 있던 것이 있다면 무엇인가?

3. 매사에 솔직했던 뫼르소는 결국 사형을 당한다. 사실 뫼르소가 심문을 받을 때 판사의 생각에 동조하며 속죄하는 모습을 보였다면 사형을 면했을 수도 있었을 것이다. 세상은 답을 정해놓고 그 답을 말하지 않으면 불이익을 줄 작정을 하고 있다. 이처럼 부조리한 세상 앞에 자신만의 진실을 고수하면서도 살아남으려면 어떻게 해야 할까?

페스트

La Peste, 1947

예수 탄생 이전을 뜻하는 B.C.(Before Christ)와 예수 탄생 이후를 뜻하는 A.C.(Anno Domini)를 요즘은 코로나 이전을 뜻하는 BC(Before Corona)와 코로나 이후를 뜻하는 AC(After Corona)로 부르는 것을 종종 볼 수 있다. 코로나로 인해 한 시대가 저물고 새로운 시대가 시작되고 있다는 의미로 읽어도 과언이 아닐 것이다. 코로나 시대에 재조명되고 많이 읽힌 고전을 꼽으라면 단연 카뮈의 《페스트》를 떠올릴 것이다. 페스트라는 전염병을 겪고 있는 오랑시의 모습은 코로나 팬데믹으로 고통받고 있는 우리 도시의 또 다른 이름처럼 느껴진다. 이때 우리는 오랑시 시민들의 감옥살이를 통해 현재 우리의 감옥살이를 돌아보고, 그 안에 담긴 소중한 가치를 발견하며, 잠재된 가능성을 일깨워 더 나은 방향으로 나아갈 수 있을 것이다.

앞서 이야기한 것처럼, 오랑시가 겪은 페스트는 오늘날을 예언한 것 같다는 느낌이 들 정도로 코로나 상황과 유사하다. 가문 날

불길처럼 거세게 번져나간 이 질병은 갑작스럽게 등장했고, 행정 당국은 초기 대응에 실패했으며, 가짜 뉴스가 확산되고, 물자 부족이나 치안 문제가 발생하는 등 인류가 재난을 만났을 때 보이는 모습을 예리하게 포착해 낸다. 그런데 이를 단순한 재난이라고 보기 어려운 것은 이것이 특정 인물이나 집단에게 가해지는 불행이 아니기 때문이다. 페스트가 오랑이라는 큰 도시에서 발생한 문제였다면 코로나는 전 지구적 차원의 문제이기에, 개인이나 특정 집단, 행정 당국의 조치만으로는 해결하기 어렵다는 특징이 있다. 울리히 벡(Ulrich Beck)은 현대사회를 '위험사회'라고 칭하며 재난이 국제화되고 있다고 했다. 위험사회를 살아가는 우리는 하나의 운명공동체로 서로를 인식하고, 인류뿐 아니라 모든 생명체와 공존하기 위한 방안을 마련해야 한다. 그 아름다운 연대의 과정을 우리는 《페스트》에서 찾아볼 수 있을 것이다.

이야기의 흐름은 이렇다. 1940년대 아프리카 알제리에 있는 오랑시에 죽은 쥐들이 나타나더니 사람들이 전염병을 앓다가 죽어간다. 작품의 서술자이자 중심인물인 의사 리외는 사태의 심각성을 인식하고 보건위원회를 소집하여 행정 조치를 내릴 것을 요구한다. 하지만 여론을 의식한 당국은 초기 대응에 실패하고 페스트는 빠르게 번져나간다. 결국 당국은 페스트 사태를 선언하고 도시를 폐쇄한다. 페스트라는 질병이 도시 전체의 문제가 되자 각 개인들은 자신들의 방식으로 현실을 받아들인다.

먼저 의사 리외는 환자를 진단하고 격리하여 전염병이 퍼지지 않도록 온 힘을 다한다. 코타르는 혼란스러운 상황을 틈타 암거래로 사익을 추구하며 페스트 상황을 즐기는 모습을 보인다. 얼마 전부터 오랑의 한 호텔에 머물고 있던 타루는 페스트 사태를 해결하기 위해 리외와 함께 자원보건대를 조직하고, 임시직 공무원 그랑은 자원보건대의 서류 정리를 도맡아 한다. 취재차 오랑에 왔다가 갇혀버린 기자 랑베르는 오랑시를 탈출하기 위해 백방으로 노력하는데, 도시를 떠날 수 있는 기회를 잡은 순간 '혼자만 행복하다는 것은 부끄러운 일'이라며 도시에 남아 자원보건대를 돕기로 결심한다. 종교적으로 존경받는 인물인 파늘루 신부는 설교단에 올라 페스트가 인간의 죄에 대한 신의 징벌이며, 무릎을 꿇고 반성해야 한다는 메시지를 전한다. 어린아이가 페스트로 고통스럽게 죽어가는 과정을 보게 된 신부는 마음의 변화를 느끼며 자원보건대에 합류하게 되는데, 어느 날 페스트와 유사한 증상을 보이며 치료를 거부한 채 결국 눈을 감는다.

자원보건대의 노력에도 불구하고 그 기세를 꺾지 않던 페스트는 여름이 지나고 추위가 찾아오면서 차츰 후퇴하기 시작한다. 전염병이 물러가고 있다는 당국의 발표로 기쁨과 희망에 찬 사람들 속에서, 타루는 사소한 실수로 인해 페스트에 걸려 생을 마감한다. 또한 요양소에 있던 리외의 아내 또한 세상을 떠나고 만다. 사랑하는 사람을 둘이나 잃은 리외는 지난날을 돌아보며, 우리의 일상 곳곳에 숨어 있는 페스트에 대한 경계의 말을 전하면서 이야기를 마무리한다.

우리는 서술자 리외의 목소리로 이야기를 읽어나가며, 《이방인》에서 들었던 뫼르소의 목소리를 찾을 수 있을 것이다. 페스트는 부조리다. 페스트라는 질병으로 사람들은 죽음이라는 필연적인 운명을 마주할 수밖에 없다. 페스트는 오히려 건강한 사람에게 치명률이 높은 특징을 보이기도 하고, 실력 있는 의사 카스텔이 만든 혈청도 소용이 없어 어린아이가 죽어가는 것을 무기력하게 지켜보게 만든다. 하지만 끝없이 굴러떨어지기만 하는 돌을 다시 굴려 올리고 또다시 굴려 올리는 작중 인물들에게서 우리는 시지프와 뫼르소의 반항의 함성을 듣게 될 것이다.

부조리 소설 《페스트》

《페스트》라는 작품이 나오기까지 카뮈에게 결정적으로 영향을 준 몇 가지 사건이 있다. 먼저 카뮈가 오랑시에 체류하던 기간에 티푸스가 창궐했던 적이 있다. 그 무렵부터 카뮈는 페스트에 대한 자료조사를 시작한다. 1942년 그가 폐병을 치료하기 위해 프랑스의 고산지대에 머무는 동안 그의 아내는 오랑시에서 지내게 되는데, 연합군과 독일군의 전쟁으로 프랑스와 아프리카가 적대 지역이 되어 2년 동안 소식이 단절되었다. 또한 그가 샹봉이라는 마을로 피신을 갔을 때, 그곳의 목사가 마을 사람들과 협력하여 페탱 정부에 저항하는 모습에 큰 감명을 받는다. 이러한 전쟁, 질병, 고립, 유배 생활, 집단적 반항의 체험을 카뮈는 《페스트》라는 작품에 생생하게 담아내게 된다.

카뮈가 기획한 《페스트》는 일종의 교훈성을 담고 있다. 교훈의 대상으로 삼는 이들은 작품의 시작과 함께 등장하는 오랑시의 사람들이다. 서술자는 어떤 도시에 대해 간단하게 알아보는 방법은 사람들의 일, 사랑, 죽음의 모습을 보는 것이라고 말한다. 오랑시 시민들의 삶은 '권태'라는 단어로 요약할 수 있다. 열심히 일을 하지만 그 목적은 한결같이 부자가 되겠다는 욕심에서 비롯된 것이고, 사랑이 무엇인지도 모른 채 욕망과 습관에 의해 사랑하며, 죽음에 대해서는 불편함을 느낀다. '죽음'이라는 결정적인 사건에 불편함을 느낀다는 서술자의 말은, 권태에 절어 있는 오랑시 시민들이 습관 같은 삶에서 의식 없이 부유하고 있음을 분명하게 보여준다. 건강한 육체만이 살아남을 수 있는 상업적인 도시 오랑은 죽음이나 사랑에 대한 인식 없이 습관처럼 살아가는 사람들로 가득 찬 메마른 도시인 것이다.

이러한 도시에 페스트가 창궐하여 수많은 시민들의 '죽음'이 시작된다. 오랑시 사람들은 무기력하게 바라볼 수밖에 없는 죽음이라는 운명 앞에서 삶을 돌아보게 되고, 서술자는 매서운 운명에 타협하지 않고 반항하는 인물들을 조명한다. 이로써 카뮈가 말하는 죽음이라는 부조리와 운명에 대한 반항이 상호작용하는 '부조리 소설'이 완성된다.

《페스트》는 카뮈가 기획한 부조리 소설이면서, 전쟁에 대한 알레고리로 작용하는 소설이기도 하다. 이는 카뮈가 소설의 서문에 제시한 다니엘 디포의 글을 통해 명확하게 제시된다.

> 한 가지의 감옥살이를 다른 한 가지의 감독살이에 의해 대신 표현해 보는 것

카뮈가 경험한 전쟁과 전체주의의 폭력을 페스트라는 초유의 재난에 비유한 이 소설은, 인간이 처한 부조리한 현실을 극명하게 보여주기 때문에 제2차 세계대전을 포함하여 인류가 맞닥뜨리는 어떠한 재난에도 적용될 수 있다. 어떤 부조리한 현실이든 빗대어 볼 수 있어 다시 회자되고 그 의미가 재발견되는 데 이 소설의 깊이와 묘미가 있는 것이다.

> 나는《페스트》를 통해서 우리가 고통스럽게 경험했던 숨막힘, 우리가 겪었던 위협과 유폐의 분위기를 표현하고자 한다. 더불어 이를 일반적인 생존 개념으로 확대하고자 한다.《페스트》는 전쟁 같은 상황 속에서 나름대로 반성과 침묵을 강요당한 사람들의 이미지와 정신적 고

통의 이미지를 보여주게 될 것이다.

- 카뮈가 노트에 남긴 기록에서

《페스트》의 구성

이 작품은 고전극의 형식으로 구성되어 있다. 5막으로 이루어진 고전 비극처럼 5부로 구성되어 있고, 짧은 3부를 중심으로 앞의 1, 2부와 뒤의 4, 5부가 대칭을 이룬다. 1, 2부에서는 죽은 쥐들이 나타나면서 서서히 긴장이 고조되다가 페스트 사태가 선언되고 나서 이에 대항하는 사람들의 모습이 제시된다. 3부에서는 페스트가 절정에 달한 시기의 사람들의 공통된 반응을 보여준다. 4, 5부에서는 집단적 반항과 페스트가 후퇴하는 과정을 그리고 있다. '발단, 전개, 절정, 하강, 결말'이라는 고대 비극의 극적 구조를 따르듯이 이야기가 진행되어 작품이 주는 비극미를 극대화하고 있다. 또한 1~5부 각각이 특정 상황 속에서 중심이 되는 사건과 장소, 인물을 배치하여 이야기가 진행되다 보니, 마치 연극 무대 위에서 인물들이 등장하고 퇴장하는 느낌을 준다.

때가 되면 언제든 그가 누구인지를 알아차릴 수 있겠지만, 이 연대기의 서술자는 우연히 여러 진술 내용들을 수집할 수 있게 되었다. 또

어떻게 하다 보니 그가 지금 이야기하려고 하는 일들에 휩쓸려 들었다. 하지만 만약 그렇지 않았더라면 그런 일에 발 벗고 나설 만한 명분은 찾을 수 없었을 것이다. 그 명분 때문에 그는 역사가로서의 과업을 수행하게 된 것이다.

이 작품을 구성하는 장치 중 서술자 또한 눈여겨볼 만하다. 소설의 초반부에서 서술자는 언젠가 자신이 누구인지 알아차릴 기회가 있을 것이라고 말한다. 독자는 서술자의 존재감을 느끼며 작품을 읽어나가게 될 것이다. 그가 누구인지 주목하던 독자는 서술자가 곧 의사 리외임을 알아차리게 된다. 서술자는 자신이 작품 속에 존재하는 관찰자의 위치에 있음을 강조하고 있으나, 리외의 마음 속에서 일어나는 생각과 감정을 마치 알고 있는 것처럼 서술하기 때문이다.

의사가 창문을 열자 거리에서 들려오는 소리가 갑자기 크게 들렸다. 이웃의 한 공장에서는 싸각싸각하는 기계톱 소리가 계속 들려왔다. 리외는 흠칫하며 정신을 가다듬었다. 저 매일매일의 노동, 바로 거기에 답이 있었다. …… 멈출 수 없는 일이었다. 중요한 것은 저마다 자기가 맡은 일을 충실히 수행해 나가는 것이었다.

서술자는 리외를 '나'가 아닌 '의사'라고 칭하고 있으나, 리외의 생각까지도 읽어내고 있다. 독자는 이제 서술자가 리외임을 의식하면서 이야기를 읽어나가며, 소설의 후반부에 서술자의 다음과 같은 고백을 들으며 자신의 추측에 확신을 갖게 된다.

> 이 연대기도 마지막에 다다랐다. 이제 베르나르 리외는 자기가 이 연대기의 서술자라는 것을 고백해야 할 때가 되었다.

리외는 1인칭 시점임에도 불구하고 자신을 3인칭으로 지칭한 이유를 설명한다. 리외는 오랑시에서 일어난 일련의 사건들을 객관적인 증인의 어조로 기록하기 위해 역사가의 목소리를 낸 것이다. 이러한 익명의 서술자는 1인칭 서술자가 가질 수 있는 주관성으로부터 객관적인 거리를 유지하게 해주며, 개인적 경험을 넘어 보편성의 차원까지 나아갈 수 있게 한다. 또한 익명의 그는 익명이라는 특징으로 인해 특정 인물로서만 존재하는 것이 아니라, 오랑시 시민 전체를 대변하는 목소리로 작용하게 된다.

오랑시의 시지프

《페스트》를 음미하게 하는 요소 중 가장 매력적인 요소는 페스트와 싸우는 인물들일 것이다. 《이방인》의 뫼르소가 반항의 저 끝까지 나아가는 낯선 인물이었다면, 《페스트》의 리외, 그랑, 타루, 랑베르, 파늘루는 각자의 역사를 지닌 평범한 인물들이다. 특히 이들은 카뮈가 중시한 반항의 정신을 보여주는 주요 인물들로서, 감동을 주고 주제의식을 전달하는 역할을 한다.

먼저 리외는 페스트라는 재난 앞에서 누구보다 침착하고 현실적인 모습을 보인다. 많은 사람들이 "오래가지는 않겠지. 너무나 어리석은 짓이야."라며 재난을 회피하고 대비책을 세우지 않을 때, 그는 구토증이 날 만큼 불안을 느끼면서도 마땅히 자신이 해야 할 일을 해나간다.

> 마땅히 해야 할 일은, 인정해야 할 것은 분명하게 인정하고 쓸데없는 두려움의 그림자를 쫓아버린 다음 적절한 대책을 세우는 것이다. 그래야만 비로소 페스트가 멎을 것이다.

매너리즘에 빠져 권태로이 살아가던 오랑시 시민들은, 도덕적 긴장감을 느끼지 못하고 페스트를 추상적으로 받아들인다. 누군가의 죽음 또한 하나의 스캔들일 뿐 자신에게 다가올 현실이라고 생각하지 못하는 것이다. 시간이 지나 페스트가 자신에게 닥친 현실이라고 느낀 사람들은 도덕적 해이에 빠진다. 생물학적 욕구가 사람들을 지배하게 되면서, 도시의 법과 전통은 무너져 내리고 방화와 약탈, 불법이 난무하는 도시에서 리외는 페스트로 인해 숨을 거두는 환자들을 지켜본다. 그리고 그는 전염병을 무엇이라 명명해야 하는지 고민하는 관리자들 앞에서 그것보다 중요한 것은 시민들이 목숨을 잃는 것을 막는 것이라고 주장한다. 또 페스트라는 질병의 원인을 하느님의 징벌로 해석하려는 파늘루 신부의 설교를 들으며, 페스트를 용인하는 것은 비겁한 사람의 태도라고 지적하기도 한다. 리외는 있는 그대로의 세계를 거부하고 투쟁하는 것이 옳은 길이라고 여기며 현실적인 노력을 다한다. 그는 랑베르와의 대화에서, 페스트와 싸우는 유일한 방법은 성실성이라고 이야기한다.

이는 다소 맥빠지는 이야기가 아닐 수 없다. 우리가 알고 있는 대개의 영웅들은 부조리에 맞설 힘과 능력을 갖추고 있어서 세상의 부조리로부터 시민들을 지켜내고 희망을 불러일으킨다. 그런데 '성실성'이라는 것으로 거대한 모순에 맞서려는 리외의 태도는 다소 무모해 보이기도 한다. 고전 비극의 구성을 따라 페스트는 오랑시를 지배하고 도시는 몰락할 것 같은 느낌을 지울 수 없다.

그러나 이 맥빠지는 성실한 인물은 결국 잠정적인 승리를 이끌어낸다. 페스트는 물러가고 도시에는 승리의 기쁨이 가득 찬다. 그가 말하는 성실성이란 무엇인가? 리외에게 성실성이란 자기가 맡은 직분을 완수하는 것이다. 의사의 직분을 다하는 것은 인간의 생명을 위협하는 전염병에 대항하여 건강을 지키는 일이다. 리외에게는 현실을 뛰어넘어 만병통치약을 개발하거나 죽은 사람을 살리는 능력이 없다. 그는 자신이 할 수 있는 일, 병을 진단하고 예방하는 일에 최선을 다한다. 이러한 노력에도 불구하고 페스트는 보란듯이 환자들의 생명을 앗아가고 퍼져나가지만 그는 포기하지 않는다. 계속되는 실패에도 포기하지 않는 리외의 삶은 투쟁 그 자체이다. 이것이 실패가 아닌 이유는, 사람들을 죽음으로 이끄는 저 거대한 돌덩이를 굴려 올리는 행위를 통해 부조리한 세계로부터 투쟁하는 자신을 지켜내었기 때문이다. 그리고 결국에는 페스트로부터 오랑시 사람들을 지켜낸다.

부조리한 세상에 맞서 인간을 구원할 수 있는 슈퍼히어로는 우리의 상상 속 저편에서 활약할 뿐 우리 주위에는 없다. 그렇지만 우리가 삶에서 크고 작은 고난을 맞닥뜨릴 때, 이를 헤쳐나가는 데 도움을 주는 일상의 작은 영웅들을 만날 수 있다. 그들은 자신의 직분을 부자가 되기 위한 혹은 자기 욕망을 위한 수단으로 삼지 않고, 자신이 할 수 있는 일을 묵묵히 수행하는 사람들이다. 일상의 자리에서 제 역할을 성실하게 해내는 작은 손길들이 모여 더 나은 세상을 만들어간다는 것을 우리는 알고 있다. 그것이 진짜 인생이다.

따라서 《페스트》를 낭만으로 가득 찬 영웅주의 소설이라 평하는 것은 온당하지 않다. 리외는 그 무엇보다 자신이 하는 행위를 과장하여 판단하는 것을 경계한다. 훌륭한 행동이지만 그 행동을 과대평가하다 보면 오히려 악영향을 줄 수도 있기 때문이다. 훌륭한 행동이 너무도 강렬한 찬사를 받게 되면 자신이 대단히 크고 중요한 존재라고 믿게 된다. 나아가 그것은 사람들을 죽일 권리까지도 있다고 믿는 무시무시한 악덕이 될 수 있는 것이다.

> 서술자는 그래도 이 보건대를 지나치게 중요시할 생각은 없다. 반면, 만약 시민들이 지금 서술자의 입장이라면 보건대의 역할을 과장하고 싶은 유혹에 넘어갈 수도 있을 것이다. 그러나 서술자는, 훌륭한 행동에 지나치게 중요성을 부여하다 보면 결국에는 악의 힘에까지 강한 찬사를 바치게 되는 것이라고 믿는 편이다. …… 세상의 악은 대부분 무지에서 오는 것이며, 총명한 지혜가 없는 선의 또한 악의와 마찬가지로 큰 피해를 입힐 수 있는 법이다. …… 가장 절망적인 악덕은, 자기가 모든 것을 알고 있으며 그러니까 자기는 사람들을 죽일 권리마저 있다고 생각하는 따위의 것이다.

리외는 페스트와 싸우는 것이 의사로서 마땅히 해야 할 일이라고 생각하기에, 보건대의 봉사 또한 악과 맞서 싸우는 영웅적인 행위로 찬사를 받는 것이 마땅하지 않다고 생각한다. 또한 마땅히 해야 하는 일에 대해 과대평가하다 보면 그것이 세상을 구하는 일이라는 확신에 빠져 악한 행위를 정당화해 버릴 수 있음을 간파한다. 카뮈는 롤랑 바르트에게 보낸 편지에서 《페스트》가 나치가 일으킨 침략 전쟁과 관련되어 있다고 적은 바 있다. 나치의 점령 그 자체를 전염병인 페스트에 은유한 것일 수도 있으나, 한편으로는 나치주의와 같이 인류를 위한 행위라고 정당화되는 사회적 힘이 초래할 수 있는 위험성에 대해 경고하는 카뮈의 의도가 담겨 있다고 할 수 있다.

같은 논리로 리외는 페스트를 대하는 사람들의 태도나 행동에 대해 가치판단을 하지 않는다. 자신의 행위가 선이 아니듯, 자신처럼 행동하지 않는 사람이라고 하여 악이라고 단정할 수 없는 것이다. 이러한 그의 내면은 랑베르와의 대화를 통해 드러난다.

"선생님은 왜 제가 떠나는 것을 말리지 않으세요? 말릴 수 있는 방법이 얼마든지 있는데도요."

리외는 버릇처럼 고개를 끄덕이며 말했다. 그것은 랑베르의 문제이고 랑베르는 행복을 택한 것이며, 리외 자신은 그에 반대할 뚜렷한 이유가 없다고. 또 그 문제에 관해서 자기는 무엇이 옳고 그른지 판단할 능력이 없다고도 했다.

"그런데 왜 저한테 빨리 서두르라고 하세요?"

이번에는 리외가 미소 지으며 답했다.

"나 역시 행복을 위해서 무엇이든 해주고 싶었기 때문이죠."

리외는 오랑시 시민들의 고통을 외면하고 자신의 행복을 찾아 떠나려는 랑베르를 비난하지 않는다. 오히려 랑베르에게 미소 지으며 그의 행복을 위해 무엇이든 해주고 싶은 심정이라고 말한다.

리외에게는 어떤 행동이 선이고 악인지가 중요하지 않기 때문이다. 그저 단순하고 꾸준한 개개인의 노력만이 페스트에 대항할 수 있다고 여기는 리외는, 자신의 행복을 위해 노력하는 랑베르의 행동도 긍정한다. 서로를 판단하거나 구분하지 않는 리외의 시선은 랑베르를 진정한 연대에 참여하도록 이끈다.

리외의 사람들

《페스트》에는 고난 속의 슈퍼히어로가 등장하지 않으며, 또한 뛰어난 한 명의 인물에 집중하지도 않는다. 작품은 마치 연극배우들이 등장하고 퇴장하는 것처럼 리외 주변의 인물들을 노출시키며 입체적으로 그려낸다. 서술자인 리외가 비중 있게 서술하고 있는 인물은 그랑, 타루, 랑베르, 파늘루라고 할 수 있다.

① 그랑

그랑은 그 이름부터 'Grand', 즉 '위대한'이라는 뜻을 지니고 있다. 또한 영웅주의를 극렬하게 반대하는 리외가 그랑을 설명할 때 그를 영웅이라 칭하기도 한다.

인간이 영웅의 전례와 모범을 세워놓고 싶어 하는 것이 사실이라면,

그리고 이 이야기 속에 반드시 한 명의 영웅이 있어야 한다면, 서술자는 이 보잘것없고 존재감도 없는 영웅, 가진 것이라고는 약간의 선량한 마음과 우스꽝스러워 보이는 이상밖에 없는 이 영웅을 여기에 제시하고자 한다.

그랑은 임시직 하급 공무원으로서, 외모뿐 아니라 행동 또한 보잘것없다. 그는 글을 쓰는 일에 고군분투하지만, 단어 하나를 고르는 데에도 망설이는 답답한 모습을 보여준다. 리외가 그의 삶이 마치 고행에 가깝다고 서술할 정도이다. 그러나 그랑의 이러한 모습은 페스트에 대응하는 당국 관리자들의 모습과 대조되며 의미가 생긴다. 여론이 두려워 페스트를 페스트라 명명하는 것조차 두려워하고 회피하는 당국자들과는 달리, 그랑은 정확한 이름을 붙이는 것에 마음을 다한다. 부조리에 대해 정확한 이름을 붙이는 것이 반항의 첫걸음임을 알게 하는 대목이 아닐 수 없다. 또한 그는 '페스트가 발생했으니 막아야 한다'는 단순한 이치로 자원보건대의 서류 작업을 자원하여 책임진다. 리외는 그가 보건대를 살아 움직이게 하는 조용한 미덕의 실질적 대표자였다고 그를 추켜세운다. 카뮈가 생각하는 일상의 영웅, 그 대표주자 그랑은 결국 페스트에 감염되고 만다. 그러나 페스트를 이겨내고 살아난 그의 모습은 페스트와 투쟁하는 자원보건대의 승리의 분기점으로 작용하기에, 그의 면모가 작품에서 중요한 의미를 지니는 것이다.

② 타루

타루는 리외와 의기투합하여 보건대를 조직하고 실질적인 리더로 활약한 인물이다. 그는 오랑시에 거주하는 사람은 아니었으나, 오랑시에 전염병이 퍼지자 자신의 일처럼 나서서 행동한다. 리외는 그에게 '무엇 때문에 이런 일에 발 벗고 나서세요?'라고 물으며 타루가 왜 죽음을 무릅쓰고 보건대 일에 나서는지 궁금해한다.

타루는 자신이 살아온 이야기를 하며 차장검사였던 아버지의 공판 이야기를 들려준다. 그는 피고인에게 사형을 선고하는 아버지 앞에서 떨고 있는 사형수의 얼굴을 보았다. 두려움에 질린 빨간 머리의 남자는 아버지의 선고로 한순간에 목숨을 잃었다. 참을 수 없는 혐오감에 사로잡힌 타루는 집을 나와 정치 운동을 시작한다. 하지만 자신이 몸담고 있던 공동체 또한 더 나은 세계를 위해 누군가의 죽음을 요구할 수 있다는 것을 깨닫고 부끄러움을 느낀다.

> 오랫동안 나는 부끄러웠습니다. 비록 간접적이긴 하더라도, 또 그것이 선의에서 행한 일이었다 해도, 나 역시 가해자 무리에 속해 있었다는 것이 정말 부끄러웠습니다. …… 그래서 나는 직접적이든 간접적이든, 선한 이유이든 악한 이유이든, 사람을 죽게 만드는 것을 정당화하는 모든 것을 거부하기로 결심했습니다.

나아가 타루는 평범하게 흘러가는 하루의 시간 속에서 누군가의 죽음을 목격한다. 더 많은 사람들의 안위를 위해 누군가를 희생할 수밖에 없게 만드는 제도에 동의하는 순간, 우리는 그 희생에 동조하는 것이라고 그는 말한다. 안전관리 부실로 노동자들이 목숨을 잃는 일이 반복되는 것을 보면서도 그 제도의 잔혹성에 대항하지 않는 것은 곧 그 제도에 동의하는 것이고, 노동자의 희생에 동조하는 것이다. 그는 사람을 죽게 하는 것은 무엇이든 정당화될 수 없고, 정당화하려는 모든 것들에 거부하겠다고 다짐한다. 이것이 타루가 자원보건대를 조직하고 몸담았던 이유라고 할 수 있다. 사형을 언도하며 사람들을 죽음으로 이끌던 아버지의 세계와 정반대 방향, 즉 죽음을 막고 사람을 살리는 방향으로 그는 나아갔던 것이다.

사람을 살리고자 했던 그의 노력은 결국 그의 죽음으로 끝나고 만다. 작품의 중반부에서 피로하고 탈진한 사람들이 위생 규칙을 소홀히하여 요행에 운명을 건 것이나 마찬가지로 봉사했다는 서술자의 말이 복선이 된 것이다. 과중한 직무 속에서 위태롭게 정신력을 유지하던 그는 사소한 부주의로 인해 페스트에 감염되어 목숨을 잃는다. 타루의 죽음을 통해 우리는, 인간을 죽음으로 몰고 가는 부조리는 해소되지 않는다는 카뮈의 말을 다시금 떠올리게 된다. 타루가 아무리 반항한들 그것과 무관하게 부조리는 사라지지 않고, 반항하는 인간들만이 사라질 뿐이다. 하지만 타루를 떠나보낸 리외의 가슴에 남은 아픔은 모든 사람들의 아픔으로 연결된다. 그리고 이러한 투쟁을 계속 수행해 나가야 한다고 말할 수 있는 진한 추억이 된다.

> 페스트를 겪었고 그것에 대한 추억을 가진다는 것, 사랑을 알게 되었으며 언젠가는 그것에 대한 추억을 갖게 되리라는 것. 오직 그것만이 그가 얻은 점이었다.

> 그는 자기의 괴로움이 곧 다른 사람들의 괴로움이며, 혼자서 고독하게 슬픔을 겪어야 하는 일이 너무나 잦은 세상 속에서 그와 같은 사정이 오히려 다행이라는 생각에서 참았던 것이다. 확실히 그는 모든 사람들에 관한 이야기를 해야만 했다.

③ 랑베르

오랑시에 사는 아랍인들의 생활 조건을 취재하러 온 파리 출신의 기자 랑베르는 페스트로 인해 낯선 도시에 고립되고 만다. 그는 도시를 떠나기 위해 리외에게 페스트 환자가 아니라는 증명서를 써달라고 부탁하지만 리외는 단호히 거절한다. 랑베르는 자신은 이 도시와 아무 상관이 없다고 말하고는 도시를 떠나기 위한 방법을 백방으로 알아본다. 현실주의자 성향이 다분한 그는 인간이란 가치 있는 일은 아무것도 할 수 없는 존재라고 여기며, 어떤 관념 때문에 목숨을 바치는 영웅주의를 믿지 않는 사람이다. 랑베르에게는 자신이 사랑하는 약혼자를 만나는 것이 무엇보다 중요한 일이었다. 하지만 그는 리외 또한 아내와 떨어져 지내는 처지임을 알게 되고는, 도시를 탈출하기 전까지 보건대에서 함께 일하기로 한다.

페스트의 급속한 확산으로 사람들 사이의 결합 관계가 깨어지고 개인들은 각자의 고독 속에 빠지고 만다. 군인, 수도승, 죄수 등의 단체 생활을 하는 집단은 분산해서 숙박하게 하고, 혼란한 틈에 시민들 사이에서는 방화, 약탈, 무장 습격 등의 사태가 벌어진다. 장례는 사랑하는 사람의 죽음을 애도할 시간도 없이 신속하게 치러지고, 심지어는 구덩이에 시체를 쏟아붓고 석회를 입혀버리기도 한다. 생지옥과 다름없는 상황 속에서 기자 랑베르의 눈에 보건대의 모습이 들어온다. 늘 제자리걸음이면서도 피로를 감당할 수 없을 정도로 애쓰고 있는 동료들의 모습은 현실주의자 랑베르의 생각을 변화시킨다. 결국 그는 오랑시를 떠나지 않기로 결심한다.

'혼자만 행복한 것은 부끄러운 일'이라고 말하는 랑베르의 고백에는 페스트로 고통받는 오랑시를 공동 운명체로 여기는 그의 마음이 담겨 있다. 한 개인의 선택은 아무 상관이 없는 사람들에게 별 영향을 끼치지 못한다. 하지만 함께 연결되어 있는 사람들이라면 이야기가 다르다. 특히나 혼자만 행복한 것이 '부끄러움'이 되는 조건은, 그들 사이에 우정이나 사랑과 같은 결합이 있었음을 전제한다. 더 나빠질 것이 없는 극한 상황에서 못 볼 꼴까지 다 보고 나니, 그는 자신을 오랑시의 사람들과 동일시하게 된다. 그렇기 때문에 부끄럽지 않은 길을 선택하게 되는 것이다.

공동의 재난 앞에서 인간은 기존의 끈끈했던 결합에서 벗어나 각자의 고독 속으로 파편화되거나, 랑베르와 같이 더 강한 결합으로 연결된다. 그는 공동체의 행복을 선택했으나 종국에는 개인의 행복까지 쟁취한다. 페스트에서 유일하게 온전한 승리를 이루어 낸 인물은 랑베르일 것이다. 하지만 《페스트》에서 랑베르의 선택을 정답으로 제시하고 있다고 보기는 어렵다. 카뮈는 리외의 목소리를 통해 개인의 행복을 선택하는 것도, 공동체의 행복을 선택하는 것도 모두 긍정한다. 그러나 분명한 것은 사랑과 우정으로 결합된 공동체에서 개인의 행복만을 추구하는 것은 부끄러운 감정을 갖게 한다는 것이다. 문 밖을 나가면 고통받는 사람들이 즐비한 세상에서, 한 개인이 과연 부끄러움 없이 안락한 자신의 공간에서 행복할 수 있을까? 우리는 랑베르의 처지를 통해 곰곰이 생각해 봐야 할 것이다.

④ 파늘루

파늘루 신부는 종교에 무관심한 시민들에게도 대단한 존경을 받고 있는 이름난 신부로 소개된다. 그가 존재감을 드러내는 부분은 페스트 사태가 벌어지고 나서 한 첫 설교와 오통 판사의 아들이 페스트에 감염되어 죽은 이후에 했던 두 번째 설교에서이다.

그는 첫 설교에서 페스트가 하느님을 외면한 자들을 향해 신이 내린 징벌이기에 반성하고 영생의 길로 돌아와야 한다고 단언한다. 그의 논리는 카뮈가 부조리에 회피하는 방식 중 하나로 지적한 '철학적 자살'이라고 할 수 있다. 부조리의 원인이나 해결책을 신이라는 초월적 존재에 맡기며 추상적인 희망에 매달리는 것이다. 또한 무고한 생명이 희생되고 슬픔으로 가득한 사람들에게, 그 죽음의 유익한 점을 찾아주는 것은 사랑에서 나오는 메시지는 아닐 것이다. 조금 과장하면, 그의 설교로 인해 누군가는 두 번 목숨을 잃는 것과 같은 잔혹함을 느꼈을 것이다.

리외는 파늘루 신부의 말은 일종의 학자로서의 견해이며, 그가 사람이 죽는 것을 보지 못했기 때문에 그렇게 말할 수 있다고 지적한다. 그가 사람이 죽어가는 것을 생생하게 본 것은 오통 판사 아들의 병상에서이다. 죄 없는 어린아이가 페스트에 잠식당해 마구 발버둥친다. 비명을 지르며 고통스러워하던 아이는 새카맣게 타버린 재처럼 생명의 불씨가 사그라져 버린다. 이 대목에서 리외는 '어린아이마저 주리를 틀도록 만들어놓은 세상이라면 죽어도 거부하겠다'고 말하며 격한 감정을 드러낸다. 파늘루 신부는 그의 반항심을 인정하며, 그러나 이해할 수 없는 것 또한 사랑해야 할지도 모른다고 말한다. 이 장면에서 부조리에 대항하는 두 가지 대응 방식, 즉 '철학적 자살'과 '반항'이 극단적으로 갈린다.

그러나 결국 리외와 파늘루 신부는 손을 잡는다. 리외는 신부에게, 하느님조차도 이제는 우리를 갈라놓을 수 없다고 고백한다. 파늘루 신부는 교회당이 아니라 보건대가 봉사하는 현장에 상주하며 최전선에 나서기도 하고, 두 번째 설교에서 변화된 모습을 보인다. 카뮈가 이 둘의 대립과 화합을 통해 말하고 싶었던 것은 무엇일까?

우리는 부조리한 세상을 살아가며 파늘루의 눈으로 세상을 바라볼 수도 있고, 리외의 눈으로 세상을 바라볼 수도 있다. 중요한 것은 함께 잡은 손을 놓지 않는 것이 아닐까. 리외는 이해되지 않는 파늘루 신부의 가치관을 외면하지 않고 함께 나아간다. 파늘루 신부는 보건대 활동을 통해 리외의 성실성에 자신의 성실성을 보탰으며, 오랑시 공동체에 필요한 덕목을 자신의 두 번째 설교에서 이야기한다. 그는 '여러분' 대신 '우리'라는 어휘를 선택했으며, 어둠 속에서 선을 행하도록 노력하라는 행동 지침을 이야기함으로써 모두가 행동의 주체가 되어야 함을 힘주어 이야기한다. 서로를 이해할 수 없지만 사랑하기 때문에 손을 놓지 않고 나아가는 것이 진정한 반항이라고 카뮈는 이야기하고 싶었던 것이 아닐까.

연대의 가치

페스트는 사람들에게서 사랑할 힘도, 우정을 나눌 힘도 빼앗아 가버리고 말았다는 사실도 말해야겠다. 왜냐하면 연애를 하려면 미래도 그릴 수 있어야 하는 법인데, 우리에게는 이미 현재의 순간밖에는 남은 것이 없었기 때문이다.

페스트로 인해 사람들의 연결이 끊어진 오랑시에 사람을 살리기 위해 서로를 연결한 연합체가 있다. 그들은 함께 손잡아야 하는 때임을 알고 있었다. 랑베르가 자신이 이 도시와 상관없는 사람이라고 말할 때, 리외는 단호한 목소리로 "유감스럽게도 지금부터 선생은 이곳 사람입니다. 다른 모든 사람들처럼요."라고 말한다. 리외는 자원보건대라는 연대의 당위성을 강조한다. 도시 사람들 모두와 관련이 있는 일이라면 개인의 행복과 타인의 행복은 서로 밀접하게 연결되어 있고, 따라서 사회 구성원 모두는 페스트를 자신의 일이라 여길 수밖에 없다. 오랑시에 함께 고립되어 있는 랑베르의 행복 또한 다른 사람들의 행복과 연결되어 있는 것이며, 따라서 그는 오랑시의 사람이나 마찬가지인 것이다.

그러나 자원보건대가 당위성만으로 움직이는 것은 아니다. 그들은 연대가 손댈 수 없는 한계가 있음을 인지한다. 오통 판사의 어린 아들이 페스트를 앓는 장면에는 대부분의 주요 인물들이 등장한다. 그들은 무고한 어린아이가 페스트와 씨름하는 것을 고통스럽게 지켜보지만, 그들은 결코 그 고통을 대신해 줄 수 없다. 고통의 절대성 앞에서 그들은 구원이나 정의 같은 말들이 얼마나 거창한 것인지 말하며, 개별적 인간이 겪는 삶의 고통에는 어떤 의미도 부여할 수 없다고 인정한다.

또한 그들의 연대에는 오랑시에서 사라져버린 우정과 사랑이 가득하다. 페스트 사태의 정점에서 사투를 벌이던 타루와 리외가 해수욕하는 장면은 이 소설의 가장 낭만적인 부분일 것이다. 그들은 지금까지 살아온 인생이라는 항해에서 서로가 같은 방향으로 나아가고 있었음을 확인한다.

> "하지만 나는 위대한 성인들보다는 패배자들에게 더 연대의식을 느낍니다. 아마 나는 영웅이라든가 성자 같은 것에는 흥미가 없는 것 같아요. 내가 관심을 두고 있는 것은 그저 인간이 되겠다는 것입니다."
>
> "그럼요. 우리는 같은 것을 추구하고 있어요. 다만 내가 야심이 덜할 뿐이지요."

그들은 희생자들을 위해 싸우는 것도 중요하지만, 아무것도 사랑하지 않게 된다면 투쟁은 아무런 의미가 없다고 말하며 바다에 뛰어든다. 그들은 같은 리듬, 같은 힘으로 헤엄을 치며 마음속에 행복감이 차오르는 것을 느낀다. 다시 도시의 페스트 속으로 들어가 분투하던 그들은 결국 페스트로 인해 이별하게 된다. 타루를 떠나보낸 리외는 페스트로 인해 유일하게 갖게 된 것은 사랑의 추억이라고 회고한다. 그리고 그 추억에 대해 리외는 '달콤한 것'이었다고 기록한다.

그들은 다시 옷을 주워 입고 말 한마디 없이 발길을 돌렸다. 그러나 그들은 똑같은 심정이었고, 그날 밤의 추억은 너무도 달콤했다.

또한 그랑이 페스트에 감염되었을 때 리외가 그 불행한 남자의 눈물을 자신의 슬픔으로 여기는 장면이나, 서로의 세계관이 팽팽하게 대립했던 파늘루 신부와 리외가 서로의 세계를 열어놓은 채 융합되는 장면 또한 이들의 뜨거운 우정을 보여준다. 그들은 서로 사랑했고, 그 우정을 소중하게 간직하는 모습을 보이고 있다.

비록 페스트의 종말은 리외 연합체의 승리라기보다는 추위로 인한 병세의 쇠퇴였지만, 우정과 사랑을 바탕으로 사회의 각 주체들이 만든 협조 체제는 더 많은 사람들의 희생을 막아내었다. 당국의 대응 방식이 페스트의 무차별적 공격 앞에 속수무책이었듯 거대한 재앙 앞에서 중앙 집권화된 위기 관리는 한계에 부딪힐 수밖에 없다. 리외 연합체가 보여준 성숙한 시민의식과 시민들 사이의 연대와 협력은 상상력이 부족한 중앙 정부의 한계를 보완할 수 있는 새로운 가능성을 보여준다고 할 수 있다.

기록의 가치

《페스트》에 등장하는 인물들에게 주로 관찰되는 것 가운데 하나는, 글로써 자신을 둘러싼 사건들을 기록한다는 점이다. 그랑은 하나의 글을 완성하기 위해 시간을 들이고 고민하는 모습을 보인다. 타루 또한 자신의 수첩에 일상을 관찰한 내용을 적거나 자신의 생각을 정리하는 모습을 보인다. 리외는 이 연대기의 기록자이자 서술자로 등장하여 오랑시의 페스트에 대한 자신의 기억을 기록한다. 그는 마치 역사가와 같이 차분하고 객관적인 언어로 사건을 서술한다. 이러한 연대기적 서술 방식은 이 작품이 역사적 사료로써 과거를 돌아보고 현재를 성찰하는 매개로 작용하는 기능을 한다.

리외가 페스트와의 싸움에서 얻은 것은 '인식과 기억'이라고 말한 대목을 주목해 볼 필요가 있다. 어떤 사건에 대해 인식하고 기억하는 것, 그것이 리외에게 유일하게 남은 가치이자 시사점이다. 그가 기록을 통해 인식하고 기억해야 한다고 생각했던 것은 무엇일까?

> 리외는 입 다물고 침묵하는 사람들 무리에 속하지 않기 위해, 페스트에 희생된 그 사람들에게 유리한 증언을 하기 위해, 아니 적어도 그들에게 가해진 불의와 폭력에 대한 기억만이라도 남겨놓기 위해, 그리고 재앙의 소용돌이 속에서 배운 것만이라도, 즉 인간에게는 경멸해야 할 것보다는 찬양해야 할 것이 더 많다는 사실만이라도 말해두기 위해, 지금 여기서 끝맺으려고 하는 이야기를 글로 쓸 결심을 했다.

리외는 페스트로 희생된 사람들에게 증언하는 목소리다. 페스트로 고통당한 사람들을 향한 연민과 공감, 나아가 변화를 요구하는 목소리다. 또한 그들에게 가해진 불의와 폭력에 대한 대항의 목소리다. 또한 재난에도 불구하고 인간이 우정을 나누고 사랑하려 했던, 숭고한 가치에 대한 찬양의 목소리다. 리외의 목소리는 부조리한 세상에 대한 생생한 증언이자, 부조리에 굴복하지 않는 반항과 투쟁의 시작이 될 것이다.

페스트라는 인생

해수쟁이(기침을 달고 사는 사람이라는 뜻) 영감은 '페스트가 대체 무엇입니까? 그게 바로 인생이에요.'라고 말한다. 페스트는 우리의 인생을 비추어 보여준다. 늘 있었지만 자연스럽게 받아들였던 이 세계의 불평등이 재난 상황에서 뚜렷이 보이게 되는 이치다. 식량 보급이 어려워진 도시에서는 생활필수품들이 터무니없는 가격으로 팔려나간다. 부유한 사람들은 문제가 없겠지만 빈곤한 사람들은 누군가의 도움이 없이는 살아갈 수 없는 처지가 된다. 페스트는 누구나 죽음에 이르게 한다는 점에서 공평하지만, 죽음을 뺀 나머지 부분에서는 무척 불평등하다.

시간이 지나면서 자연적으로 식량 보급이 어려워짐에 따라 여러 가지 문제가 생겼다. 그런 데다가 투기가 성행해서, 일반 시장에서 부족해진 긴요한 생활필수품들이 터무니없는 가격으로 팔렸다. 그래서 가난한 집은 무척 힘든 처지에 놓이게 되었지만, 반면에 부유한 집은 여전히 풍족하게 지냈다. 누구나 예외일 수 없는 페스트의 공포가 시민들 사이의 평등을 강화할 수도 있었을 텐데, 그보다는 저마다의 이기심을 발동시켜 오히려 인간의 마음속에 불평등의 감정만 심화시킨 것이었다.

불평등뿐 아니라 페스트는 우리 인생의 근본적인 부조리함을 보여준다. 삶과 죽음의 반복이라는 인간의 운명은 페스트의 발병과 죽음이라는 비극과 닮아 있다. 또한 이러한 인생의 부조리는 모두에게 공통된 것이므로 전 인류에 걸쳐 편재해 있다고 볼 수 있다. 카뮈는 페스트로 상징되는 인류의 운명이 우리의 일상에 편재해 있음을 말하기 위해 옷가지, 방, 지하실, 트렁크, 손수건, 낡은 서류와 같은 일상의 물건들을 이야기한다. 페스트는 결코 죽거나 소멸하지 않고 우리의 일상에 도사리고 있는 것이다.

시내에서 들려오는 환희의 함성에 귀를 기울이면서, 리외는 그러한 환희가 항상 위협받고 있다는 사실을 상기하고 있었다. 왜냐하면 그는 기쁨에 들떠 있는 사람들이 모르는 사실, 즉 페스트균은 결코 죽거나 소멸하지 않으며, 수십 년간 가구나 옷가지들 속에서 잠자고 있을 수 있고, 방이나 지하실이나 트렁크나 손수건이나 낡은 서류 같은 것들 속에서 살아남아 있다가 언젠가는 인간들에게 불행과 교훈을 가져다주기 위해서 또다시 저 쥐들을 흔들어 깨워 어느 행복한 도시로 그것들을 몰아넣고 거기서 죽게 할 날이 온다는 것을 알고 있었기 때문이다.

누구에게도 예외가 없고, 방심하고 있는 순간에 우리가 가진 소중한 것을 빼앗아 삶을 흔드는 비애의 삶을 우리는 살아가고 있다. 인생은 페스트 그 자체인 것이다. 리외는 비애로 가득한 우리의 운명을 향해 경고한다. 항상 위협을 받고 있다는 사실을 상기하고 있으라고. 인생의 부조리함과 팽팽히 맞서서 깨어 있으라고. 그리고 그 부조리 앞에서 성실할 것을 강조한다. 성실은 승리를 위한 것이 아니다. 리외는 자신의 성실함이 끝없는 패배로 향할 것을 알고 있다. 중요한 것은 부조리한 운명 앞에 포기하지 않는 것이다. 결국에는 죽음이라는 패배를 맞이할 수밖에 없다고 할지라도, 그 운명에 직면하며 반항하는 인간은 시지프가 지었던 그 기쁨의 미소를 자신의 내면에서 찾을 수 있다. 포기하지 않고 돌을 굴려 올리는 자신의 진정한 힘을 발견하는 것, 그것이 바로 실존이다.

생각할 거리

1. 우리는 그 어느 때보다 슈퍼히어로를 필요로 하는 시대를 살고 있다. 전 지구적으로 벌어지는 재난과 기후 위기, 질병 등은 단순한 방법으로 해결하기 어렵다. 위험사회를 살아가는 우리에게 필요한 영웅은 어떤 모습일까?

2. 랑베르는 《페스트》에 등장하는 인물들 가운데 공감도가 높은 인물일 것이다. 공동체의 위기 앞에서 우리는 개인의 안전과 행복을 우선시하면서도, 사회적 연대감으로 힘을 나누려는 마음 또한 공존한다. 페스트나 코로나19와 같은 재난이 다시 발생한다면 여러분은 어떤 선택을 할 것이며, 그 이유는 무엇인가?

3. 《페스트》는 찬사와 비판이 나뉘는 소설이다. 알제리의 오랑시를 배경으로 하면서도 알제리인과의 연대는 뚜렷이 드러나지 않으며, 여성의 모습은 거의 찾아보기 어렵다. 또한 공동체가 페스트와 싸우며 연대하기도 하지만 분열하고 반목할 가능성이 배제되었다는 점은 소설의 핍진성에 의문을 갖게 한다. 이 작품을 감상하며 아쉬웠던 점이 있다면 무엇인가?

전락

La Chute, 1956

행복하단 말입니다. 제가 행복하다는 걸 믿어주세요. 죽도록 행복하다니까요.

-《전락》에서

감출 수 없는 자신의 행복을 울음처럼 터트리는 클라망스의 목소리가 어딘가 익숙하지 않은가? 우리는 우리 자신의 행복을 클라망스와 같이 외치고 증명해야 하는 일상을 살고 있다. SNS의 세계에 자신의 각색된 모습을 업로드하고, '좋아요'를 받음으로써 타인에게 인정받으며 나아가 존재감을 확인하는 것은 오늘을 살아가는 현대인의 초상 중 하나일 것이다. 안온한 동의와 관심을 주고받으며 하루의 존재감을 획득한 이들은 내일과 모레도 하루치의 존재감을 채우기 위한 업로드를 쉬지 않을 것이다.

카뮈의 문제작《전락》의 서술자이자 주인공인 클라망스의 모습에서 우리는 현대인의 초상을 발견한다. 그는 오래된 바(bar)에서 매일 대화 상대를 물색한다. 그는 일인극의 주인공처럼 꼬리에 꼬리를 물며 자신의 이야기를 이어간다. 그의 이야기는 자기 과시적인 측면이 있으면서도 묘하게 공감이 가고 설득력이 있어 대화자와 독자를 현혹시키는 면이 있다. 정신없이 그의 독백에 심취하다 보면, 결국 클라망스는 격한 흥분과 함께 자신이 목표했던 결론에 다다른다. 클라망스는 마치 '좋아요'를 2만 개쯤 받은 사람처럼 만족감을 느끼며 대화를 마무리한다. 네덜란드 암스테르담의 '멕시코시티 바'에서 그가 대화를 통해 얻고자 했던 것은 무엇일까?

클라망스와 카뮈

카뮈는 생전에 3편의 장편소설을 남겼다. 《이방인》, 《페스트》, 그리고 《전락》이다. 《이방인》과 《페스트》로 카뮈가 세상에 이름을 알리고 작가로서의 능력을 인정받았다면, 《전락》은 그의 암흑기를 관통하는 소설이다. 《전락》은 1956년에 출간되었는데, 이 작품이 나오기까지 카뮈는 5년이라는 침묵의 시간을 보낸다.

그는 왜 긴 시간 침묵했을까? 먼저 사르트르와의 논쟁으로 프랑스 지식인 사이에서 고립된 것이 첫 번째 이유라고 할 수 있다. 앞서 이야기한 것처럼, 카뮈와 사르트르 사이에 폭력의 문제를 다루는 관점의 차이가 있었는데, 카뮈가 고수한 관점은 혁명과 유토피

아를 꿈꾸던 당대 좌파 지식인들에게 용납될 수 없는 내용이었다. 특히나 사르트르를 위시하여 레지스탕스 운동에 적극적으로 참여했던 좌파 지식인들은 프랑스 지식인들 사이에서 막강한 영향력이 있었는데, 카뮈는 지식인 사이에서 격렬한 비난과 조롱을 감내해야 했다. 또한 알제리 문제를 둘러싼 상황이 그의 해결책과는 다른 방향으로 흘러간 것이 두 번째 이유라고 할 수 있다. 이는 명료한 정신으로 부조리를 직시하고자 하던 카뮈에게 큰 충격을 주었을 것이다. 세계를 통찰하는 작가로서 자신의 능력에 대해 회의를 느꼈다고 할 정도로 그는 궁지에 몰려 있었다. 마지막으로 그의 여자 문제 때문에 두 번째 부인 프랑신이 우울증에 빠지고 자살을 기도했던 것도 카뮈의 암흑기에 영향을 주었을 것이다.

작품이 나오기까지 파란만장했던 카뮈의 역사 때문일까, 《전락》은 텍스트 그 자체로 읽히기보다는 클라망스를 카뮈로 환원하여 읽어내려는 시도가 많았다. 성공한 변호사 클라망스의 모습에서 성공한 작가 카뮈의 모습을 발견하기도 하고, 강가에서 투신하는 여자의 그림자에서 프랑신의 어둠이 겹쳐 보이기도 한다. 또한 그 여자의 죽음을 외면하여 죄의식을 느끼는 클라망스를 보면, 억압받는 계층을 위해 적극적인 혁명에 나서지 못한 자신을 참회하는 것 같기도 하다. 타인을 손쉽게 심판하는 속세인들의 모습을 지적하는 클라망스의 발언은 카뮈 자신을 심판하고 정죄하는 프랑스 지식인들을 향한 원망같이 느껴지기도 한다. 이와 관련하여 《전락》은 카뮈가 클라망스의 입을 통해 자신의 속내를 말하는 에세이로 분류되기도 하는 실정이다.

한 작품의 깊이는, 특히나 고전이라 불리는 작품의 깊이는 오랜 세월을 넉넉히 품을 수 있을 정도의 보편성과 맞닿아 있다고 할 수 있다. 《전락》을 읽어 내려가며 우리는 1950년대를 살았던 카뮈의 역사를 넘어, 우리 자신의 거울을 보는 듯한 인간의 공통된 지점에 머무를 것이다. 이것이 《전락》이라는 고전을 카뮈의 일대기에 환원하여 읽기에는 아쉬움이 남는 이유이며, 앞으로 텍스트 그 자체를 음미하고 현재 우리의 삶을 돌아보려는 이유이다.

클라망스의 행복과 전락

클라망스는 행복했고, 또 행복하다고 말한다. 그의 행복은 과거의 행복과 현재의 행복으로 나눌 수 있다. 과거와 현재를 나누는 분기점이 되는 사건은 다리 위에서 웃음소리를 들은 사건이다. 인기척이 별로 없는 강변길을 걷던 그는 자신의 완벽한 인생을 감탄하는 중이었다. 다리 위에서 강을 내려다보며 담배를 물려고 하는 찰나, 그의 등 뒤에서 웃음소리가 터진다. 어디에서 들려오는지 알 수 없던 그 웃음소리가 그를 사로잡는다. 그는 뭐라고 꼬집어 말하기는 어렵지만, 그전 같은 유쾌한 기분을 회복하기가 힘들었다고, 그때 모든 것이 시작된 것 같다고 말한다. 한 사람의 인생을 이전으로 되돌아갈 수 없게 만들었다는 점에서 이 사건은 주목할 만하다. 그에게 웃음소리는 어떤 의미가 있는 것인가?

클라망스는 과거에 자신이 초인과 같은 생활을 했다고 회고한다. 그는 과부와 고아들의 변론을 주로 맡아 변론하는 능력 있는 변호사로 많은 사람들의 존경을 받는다. 그는 직업 생활에서 어느 하나 나무랄 데가 없었다. 관리들의 비위를 맞추거나 뇌물을 받는 등의 행위는 일절 하지 않았으며, 가난한 사람들의 변론을 할 때 사례를 받지 않았을 뿐 아니라 그것을 내세우지도 않았다. 또한 그는 타고났다는 생각이 들 정도로 선행을 신속하고 정확하게 해내며, 은혜를 베푸는 데 인색하지 않아, 클라망스가 존재한다는 사실만으로도 살맛이 난다는 말을 들을 정도로 최고의 미덕을 갖춘 사람이었다. 그는 '벌 받는 것과는 아무 상관 없이 살았다'고 말하며, 신의 지상 명령에 의해 에덴동산에서의 삶이 허락된 느낌이었다고 회고한다. 그는 그 자신을 육체적인 건강과 지적인 재능, 내적인 만족감과 더불어 겸양의 미덕까지 갖춘 팔방미인이라 자부한다.

그런데 이러한 행복은 문득 과거의 행복이 되고 만다. 어느 날 저녁, 음악이 멎고 불이 꺼져버렸다. 그 웃음소리를 듣고부터 그는 그 자신의 삶을 다시 보기 시작한다. 자신의 삶을 비웃는 듯한 그 웃음소리는 그가 자신의 이중성을, 나아가 인간의 이중성을 발견하게 하는 매개체로 작용한다.

웃음소리를 듣고 난 뒤 얼마 후에 그는 자신에 대한 사실 한 가지를 발견한다. 그것은 어떤 장님이 길을 건너가도록 도왔던 사건에서 시작한다. 클라망스는 장님을 돕고 난 뒤 헤어지면서 그에게 머리를 숙여 인사한다. 장님은 그가 머리를 숙이는 것을 볼 수 없는데도 말이다. 그렇다면 그는 누구에게 인사를 한 것인가? 그것은 바로 그를 지켜보고 있을지도 모르는 관객을 향한 것이었다.

클라망스는 고귀하고 위대하다고 칭송받아 마땅하다고 생각하던 그 자신의 미덕이, 사실은 평판을 얻기 위한 수단이었음을 자각하게 된다. 그는 자신이 완전무결한 사람이라는 꿈을 꾸고 있었으며, 선행을 통해 인정받고 나아가 사람들 위에 군림하고자 했던 자신의 이중적인 면모를 발견한 것이다.

그는 과거에 그가 겪었던 사건들을 회상하기 시작한다. 어느 날 차를 운전하고 가던 그의 앞에 한 사내의 오토바이가 멈춰 선다. 신호가 초록불로 바뀌었지만 그 오토바이는 엔진이 꺼져서 움직이지 못한다. 클라망스는 사내에게 오토바이를 옆으로 비켜달라고 공손하게 부탁하지만, 그 사내는 헛소리 말고 꺼지라고 말하며 공격적인 태도를 보인다. 뒤에서 울리는 경적 소리를 참다 못해 차에서 내린 클라망스는 군중 속에 섞여 있던 한 사내에게 귀싸대기를 얻어맞고, 동시에 오토바이는 달아나 버린다. 그는 매너 있고 너그러운 신사의 모습으로 사람들 앞에 나섰으나, 사실 그가 마음 깊은 곳에서 하고 싶었던 행동은 상대를 두들겨 패주는 것, 다시 말해 가장 유치한 방식으로 센 사람이 되는 것이었음을 고백한다.

또한 그는 2, 3년 전에 겪었던 일을 떠올린다. 집으로 돌아가는 길에 그는 다리 뒤 난간에서 어떤 여성이 투신하는 소리를 듣는다. 그는 비명을 들으면서도 '너무 늦었다, 너무 멀다'고 생각하며 집으로 향한다. 자신이 구하지 않으면 죽을 수 있다는 것을 알면서도 회피했던 자신의 모습을 있는 그대로 마주하게 된 것이다. 그는 완벽한 에덴동산의 지상 낙원에서 '전락'해 버린 셈이다.

추악한 자신의 내면을 발견한 클라망스는 자신의 이러한 죄스러운 면모가 타인에 의해 심판받을 수도 있다고 생각한다. 타인의 시선을 의식하게 된 그는 밖으로 시선을 돌린다. 그가 발견한 것은 '남을 심판하지 않고는 견디지 못하는 소명의식'을 지닌 인간들이다. 사람들은 자신들과 나누어 가지지 않는다면 타인의 성공과 행복을 용서하지 않으며, 비난의 화살과 조소를 아끼지 않는다. 그러면서도 인간은 '저마다 한사코 자기의 결백을 주장'하는 존재이다. 클라망스는 타인의 작은 허물은 갈가리 찢어 파헤치면서도 자기들에게는 죄가 없다고 주장하는 인간의 모습을 발견한다. 자기 자신의 이중성을 반성하던 그의 사고가 인간이라는 존재 자체의 이중성으로 확장되는 지점이다.

> 우선 언제까지나 사라지지 않는 저 웃음소리와 웃는 사람들은 나의 내면을 전보다 더 분명하게 볼 수 있도록, 그리고 마침내 나 자신이

단순하지 않다는 걸 알 수 있도록 가르쳐주었습니다.

그야 어찌 됐든, 나 자신을 오래 연구한 끝에 나는 인간의 근원적인 이중성을 밝혀냈습니다.

또한 그는 세상의 이중성에 대해서도 언급한다. 생명이 살아가기 위해서는 맑은 공기가 필요하듯이, 이 세계가 유지되기 위해서는 시중을 들어주는 사람, 거칠게 말해 노예가 필요하다. 그러나 노예를 노예라 노골적으로 인정해서는 안 된다. 그것이 원칙적으로 금지되어 있기 때문이기도 하고, 절망한 노예는 미소 지으며 복종하지 않기 때문이며, 노예를 부리는 사람 또한 죄의식에 시달리게 되기 때문이다. 따라서 세상은 노예를 노예라 부르지 않고 '자유인'이라고 부르며 거짓되게 호명한다. 대부분의 사람들은 자신에게 자유라는 권리가 있다고 착각하지만, 사실은 누군가의 시중을 들며 살아가는 노예일 뿐이다. 클라망스는 이러한 세계의 이중성 또한 발견한다.

인간과 세계의 깊은 어둠을 직면한 클라망스는 다시 생각하기 시작한다. 그는 행복했던 자신의 삶에 '화가 닥친' 것이라고 설명하며 탈출구를 찾아 나선다. 거짓된 이중성이 그의 문제라면 그가 물어야 하는 질문은 이것이다. 거짓 증언자도 구원받을 수 있는가?

나의 일상에 죽음에 대한 상념이 침입한 것은 바로 그때였습니다.

사실 나는 어떤 우스꽝스러운 걱정에 시달리고 있었어요. 인간은 자신의 거짓을 모두 다 고백하지 않은 채 죽을 수는 없다는 게 그것이었지요.

거짓 증언자도 구원받을 수 있는가?

클라망스는 자신이 거짓말쟁이였음을 인정하며 그것을 겉으로 드러내 자신의 이중성을 활짝 열어 보여주고자 한다. 그는 그럴싸한 겉껍질 안에 숨겨진 자신의 추악한 내면과 매일같이 모든 장님들의 얼굴에 침을 뱉고 있던 자신의 진짜 모습을 드러내기로 결심한다. 그는 종잡을 수 없는 행동을 하며 자신의 거짓됨을 폭로하고, 자신을 둘러싼 허위의 이미지를 버리고자 한다. 하지만 클라망스는 그것이 정직한 자기비판이라고 할지라도 그것으로 인해 죄 없이 깨끗해지는 것은 아님을 깨닫게 된다. 자신의 거짓됨을 폭로하는 것으로써 구원에 이를 수 없는 것이다.

나는 이런 이야기를 들은 적이 있어요. 한 사내가 있었는데, 그는 자기 친구가 감옥살이를 하게 되자 사랑하는 자기 친구가 누리지 못하게 된 안락을 자신도 누리지 않겠다며 매일 밤 방바닥에서 잠을 잤답니다. 그런데 선생, 생각해 보세요. 도대체 누가 우리를 위해서 방바닥에서 잠을 자겠습니까? 나 자신은 그렇게 할 수 있냐고요? 글쎄요, 나는 그러고 싶어요. 그럴 수 있을 것 같습니다. 그래요, 언젠가는 우리 모두가 그럴 수 있는 날이 오겠지요. 그야말로 구원받는 날이 되겠지요.

클라망스는 구원에 대해 생각하며 한 사내의 이야기를 꺼낸다. 한 사내의 친구가 감옥살이를 하게 된다. 그 사내는 사랑하는 친구를 생각하며, 자기 친구가 맛보지 못하게 된 안락을 자신도 누리지 않겠다고 다짐한다. 그는 안락한 침구를 버리고 매일 밤 방바닥에서 잠을 잤다고 한다. 클라망스는 우리 모두가 누군가를 위해 땅바닥에서 잠을 자주는 날이야말로 구원받는 날이라고 말한다. 즉 구원이란 타인을 자신의 몸과 같이 사랑하는 것이라고 할 수 있다. 이제 그가 거짓되고 이중적이었던 자신을 죄의식으로부터 구원하기 위해서는 타인을 지극히 사랑하는 일만이 남았다.

클라망스는 사랑을 통한 구원의 길을 걷고자 하지만, 그가 뭇 여인들에게 보인 사랑은 결국 자기 자신에 대한 사랑이었음을 깨닫는다. 그는 일생 동안 적어도 한 번은 엄청난 사랑을 한 적이 있는데, 그 대상은 자기 자신이었다고 말한다. 그는 구원의 열쇠인 '자기 중심성에서 벗어난 사랑'을 하는 데 실패하고 만 것이다. 그에게 이제 남은 것은 방탕을 통해 죄의식을 잊는 일뿐이었다.

그는 방탕이란 자기 자신만을 끔찍이 사랑하면서 의무를 동반하지 않는 것이라고 설명한다. 또한 이러한 방탕은 인간을 약간은 해방시켜 준다고 말한다. 방탕의 길에서 클라망스는 자신을 괴롭

히던 웃음소리가 점차 어렴풋해짐을 느끼며, 그저 늙어가는 일만 을 남겨두게 된다. 그러던 어느 날, 그것이 다시 나타난다.

나는 대서양을 횡단하는 배를 타게 되었습니다. 물론 맨 위층 갑판에 탔지요. 그런데 갑자기 쇳빛이 도는 바다 저 멀리 까만 점 하나가 보였어요. 나는 곧 눈길을 다른 데로 돌렸지만 가슴이 두근두근 뛰기 시작했어요. 다시 억지로 눈길을 돌려 바라보았더니, 그 까만 점이 온데간데없이 사라져버렸어요. 나는 고함을 지르며 바보처럼 도움을 청하려고 했는데, 문득 까만 점이 다시 나타났어요. 그건 배들이 지나가고 나면 그 뒤에 남아 떠다니는 쓰레기 더미였어요. 그렇지만 나는 그걸 가만히 보고 있을 수만은 없었어요. 불현듯 마치 투신자살한 사람 같다고 생각했던 거예요. …… 몇 해 전에 내 등 뒤의 센강 위에서 울렸던 그 비명소리가 강물에 실려서 도버해협의 바닷물로 흘러와서는, 대양의 끝없는 공간을 거쳐 온 세상을 쉬지 않고 떠돌다가, 내가 그것과 마주치게 된 그날까지 그곳에서 나를 기다리고 있었다는 사실 말입니다.

대서양 횡단선을 타고 항해하던 그는 바다 멀리 까만 점 하나를 보게 된다. 그 까만 점은 사라졌다 다시 나타났다 하며 아른거리는데, 그는 그것을 보고는 고함을 지르며 도움을 청한다. 사실 그 물체는 바다 위를 떠다니는 쓰레기 더미였는데, 그는 순간적으로 그것을 보고 어떤 투신자살자 같다는 생각을 한 것이다. 웃음소리를 잊은 그에게 다시 센강 위에서의 비명소리가 들려온다. 방탕의 길에서도 클라망스는 자신의 죄의식을 없애지 못한다. 그는 다시 과거와 현재를 나누는 분기점 위로 되돌아왔다. 그는 다시는 과거로 돌아갈 수 없으며, 구원받을 수도 없다. 그러나 클라망스는 포기하지 않는다. 그는 또 다른 행복으로 가는 길을 찾고야 만 것이다. 그 방법은 그 자신이 '재판관이자 참회자'가 되는 것이다.

재판관이자 참회자가 된다는 것

여기서 짚고 넘어가야 하는 의문이 있다. 클라망스는 왜 죄의식으로 인해 괴로워할까? 그처럼 가식에 능하고 용의주도한 사람이라면 손쉽게 그 죄의식을 무시하고 아무 일도 없었던 것처럼 이전의 행복으로 돌아갈 수 있지 않을까? 클라망스가 이전에 느꼈던 행복으로 돌아갈 수 없는 이유는, 그것이 자신에 대한 만족감으로부터 나오는 행복이었기 때문이다.

> 내게 권한이 있다는 느낌, 내가 옳다는 만족감, 스스로를 높이 평가하는 데서 오는 기쁨은 인간에게 자신감을 심어주고 앞으로 나아가게 하는 강력한 원동력이 됩니다. 반대로 그러한 것을 빼앗아버린다면 인간은 침이나 질질 흘리는 개나 다름없게 되지요. 자신에게 잘못이

있다는 사실이 견딜 수 없다는 이유만으로 저질러지는 범죄가 얼마나 많습니까? 예전에 내가 알던 한 사업가는 사람들이 한결같이 칭찬하는 나무랄 데 없이 완벽한 아내가 있었지만 그 아내 몰래 바람을 피웠습니다. 그 사내는 자신에게 잘못이 있다는 것 때문에 미칠 지경이었어요. 아내가 완벽해 보이면 보일수록 그는 더욱 화가 치밀었지요. 결국 그 사내는 자신에게 잘못이 있다는 사실을 더는 견딜 수가 없어졌지요. 그가 어떻게 했을 것 같나요? 아내를 속이고 바람피우는 짓을 그만뒀을까요? 천만에요. 그는 아내를 죽여버렸어요.

클라망스는 과거 자신의 행복에 대해 설명하기 위해 한 남자의 이야기를 꺼낸다. 그는 모든 사람들로부터 칭송받는 완벽한 아내를 두고 있으면서도 바람을 피운다. 그는 아내가 완벽하게 보이면 보일수록 그 자신의 잘못이 드러나는 것을 참지 못한다. 더 이상 견딜 수 없던 그는 바람피우는 짓을 그만두었을까? 그 사내는 아내를 죽여버린다. 그는 사내의 이야기를 통해 자신에게 과오가 있다는 사실을 인정하는 것이 견딜 수 없이 괴로운 일임을 설명한다. 클라망스가 과거에 누린 행복은 자신이 전적으로 옳다는 만족감과 자신의 미덕을 높이 평가하는 데서 오는 기쁨으로 충만한 행복이었다. 반대로 말하면, 클라망스에게 자신이 옳지 않다는 것, 자신에게 과오가 있다는 것을 인정하는 것이야말로 견딜 수 없는 불행인 것이다. 따라서 클라망스는 자기 자신을 속이고 정당화하면서 죄의식을 덮고 행복에 다다를 수 없다.

클라망스가 유별난 인간이라고 여겨지지 않는 것은, 우리 또한 자신의 과오를 발견할 때 클라망스와 비슷한 반응을 보이기 때문이다. 자신이 한 말이나 행동, 혹은 존재 자체가 부정당할 때 사람들은 다양한 방어 기제를 작동시킨다. 우리는 자신을 부정하는 대상을 향해 그것을 다시 부정하는 시도를 하거나, 그것이 불가능한 경우 내면의 합리화 과정을 통해 자신의 정당성을 유지하려 한다. 극단적인 경우 클라망스가 이야기한 어떤 사업가처럼, 자신을 부정하게 만드는 완벽한 대상을 제거해 버리기도 하는 것이다. 인간은 자신의 정당성을 부정당하게 만드는 심판을 견딜 수 없어 하는 존재이기 때문이다. '내가 틀렸다는 것'을 인정하는 것만큼 속 쓰리고 괴로운 것도 없다는 것을 우리는 알고 있다.

> 인간들은 정말이지 심판을 견디지 못해요. 그게 문제입니다. 어떤 율법을 따르는 자는 심판을 두려워하지 않아요. 심판을 받음으로써 자신이 믿는 질서 속으로 되돌갈 수 있으니까요. 그러나 인간이 느끼는 가장 큰 고통은 율법도 없이 심판받는 일입니다. 그런데 우리는 바로 그런 고통 속에 빠져 있는 거예요. 원래 갖추고 있어야 할 고삐를 잃어버린 재판관들이 닥치는 대로 날뛰면서 마구 해치우는 겁니다. 그러니 어쩌겠어요? 그들보다 앞질러 가려고 애쓸 수밖에요. …… 다행히 나는 도착을 했거든요. 나는 끝이요 시작입니다. 내가 율법을 선

포합니다. 요컨대 나는 재판관 겸 참회자인 겁니다.

고해성사를 잃어버린 현대인들은 심판으로 인해 용서받고 자신의 자리로 되돌아가지 못한다. 그들은 율법 대신 서로가 지닌 율법으로 심판하고, 앞질러 가는 사람이 재판관을 선점하여 선고를 내린다. 이러한 율법의 부재 속에서 사람들은 심판을 막기 위해 금력(金力)을 사용한다. 자본주의 사회에서 재물〔金〕은 곧 권력〔力〕이기 때문이다. 그러나 클라망스는 '재력은 아직 무죄 석방까지는 못되지만 집행유예쯤은 되는 것'이라고 말하며 금력이 온전한 해결방안은 아님을 확실히 한다.

또한 그는 진심을 담아 자기 죄를 고백하는 것 또한 해결책으로 여기지 않는다. 신을 잃어버린 현대인들이 죄를 고백할 대상은 같은 인간일 것이다. 하지만 인간은 자신의 과오를 고백할 때, 그것을 고치거나 더 나은 사람이 되기를 바라며 자신을 고백하지 않는다. 그들은 솔직하게 대해달라고 말하고서는 자신이 지닌 좋은 점을 인정해 주길 바라거나, 그저 동정을 바라면서 격려받고 싶어 한다는 것이다.

클라망스가 최종 해결책으로 제시한 전략은 '재판관 겸 참회자'가 되는 길이다. 자신이 심판받지 않으려면 재판관의 역할을 선점해야 한다. 그런데 재판관을 겸해 참회자가 되어야 하는 이유는 자신을 먼저 비판하지 않고 남을 비판하는 것은 불가능하다는 논리

때문이다. 클라망스는 멕시코시티라는 오래된 바에서 대화자를 물색한다. 그러고는 철저한 참회자가 되어 자신의 이중적인 추악함을 대화자에게 고백한다. 특히 그는 변호사라는 직업적 특징을 살려 말의 묘기를 부린다. 자신의 죄를 고백하는 듯하면서 현대인에게 공통된 약점을 하나의 초상화처럼 그려내어 보여주는 것이다. 그는 이야기 도중에 '나'를 '우리'로 바꾸며 자신의 죄가 '우리'라는 대상에 공통된 것임을 교묘하게 유도한다. 이야기가 진행됨에 따라 클라망스의 죄는 대화자를 비추는 거울로 작용하여 '그'의 죄가 되는 동시에, '우리'라는 동시대인의 죄가 되는 것이다.

클라망스는 자신의 죄를 고백하여 용서를 받거나 자신이 무죄임을 증명하려 하는 것이 아니다. 그렇다면 그는 왜 매일 바에 들러 자신의 죄를 고백하는 것일까? 그는 대화자를 통해 누구나 죄가 있다는 점을 증명하고자 한다. 그는 자신의 참회를 통해 상대의 참회를 유도하면서 대화자가 유죄임을 고백하게 만든다. 이러한 방식을 통해 인간은 누구나 유죄임이 나날이 증명되며, 클라망스는 날마다 한 사람의 죄인을 추가하는 작업을 통해 자신의 죄의식을 덜어낼 수 있게 되는 것이다.

따라서 재판관 겸 참회자의 위치에 서 있는 클라망스에게 더 이상 진실과 거짓을 구분하는 것은 중요하지 않다. 중요한 것은 대화자들이 클라망스의 참회를 들으며 그 유사성을 깨닫고, 자신 또한 죄인임을 참회하는 것이다. 유사성을 이끌어내기 위한 클라망스의 전략을 우리는 작품의 곳곳에서 발견할 수 있다.

> 당신은 아마도 사업을 하는 분이신 것 같군요? 대충 비슷하다고요? 멋진 대답입니다. 적절한 대답이기도 하고요. 우리는 언제나 기껏해야 대충 비슷한 정도밖에 안 되죠. …… 산전수전 대충 비슷하게 다 겪은 40대 특유의 물정 밝은 눈치에다가, 대충 비슷하게 쭉 뽑아입은, 다시 말해서 우리 프랑스에서나 갖추어 입는 복장이며, 그리고 반질반질한 손, 그러니까 대충 비슷하게 말해서 부르주아시군요.

> 〈신비로운 어린 양〉을 구경하며 줄지어 가는 사람들 가운데 모사화를 원화와 구별할 수 있는 사람은 아마도 없을 겁니다. 그러고 보면, 내 잘못 때문에 손해를 보는 사람은 아무도 없다고 할 수 있습니다.

클라망스는 '비슷하다'와 '대충'이라는 말을 즐겨 사용한다. '비슷하다'라는 말이 자신의 죄와 유사한 점을 대화자 또한 인정하도록 유도하기 위한 단어라면, '대충'이라는 어휘는 유사성의 범위를 넓히기 위한 전략이다. 대화자가 그 유사성의 진위를 확인하려 드는 순간 클라망스의 재판관이자 참회자 전략은 어려움에 빠질 수 있기 때문이다. 따라서 그는 무엇이 비슷한지 구체적으로 따지기보다는 '대충' 서로가 비슷하다는 것을 강조하고자 한다.

클라망스가 〈결백한 재판관〉의 원화를 가지고 있는 것 또한 같은 맥락에 있다고 볼 수 있다. 그는 대성당에 있던 〈결백한 재판관〉이라는 그림이 도난당했는데, 우연한 경로를 통해 그 원화를 자신이 가지고 있게 되었다고 말한다. 대성당의 그림은 원화와 비슷한 모사화로 대체되었는데, 그림을 구경하며 줄지어 가는 사람들 가운데 모사화를 원화와 구별할 줄 아는 사람은 아무도 없을 것이라고 그는 장담한다. 이는 대충 비슷한 유사성의 관계를 통해 자신을 정당화하고자 하는 책략을 설명하고 있는 것이다. 클라망스는 내일도 자신과 대충 비슷한 죄인 앞에서 자신을 참회하고, 그 자신과 대충 비슷한 죄를 참회하도록 만들 것이다.

죄의식을 자각하는 것으로 시작된 클라망스의 행복을 향한 여정은 그 종착지에 도달하지 못한 채 미완성으로 남는다. 그는 극도의 흥분 상태에 빠져 자신이 행복하다고 말하거나, 자신이 고백한 말을 진짜라고 턱 믿고 있어선 안 된다고 하는 등 혼란스러운 모습을 보인다. 이처럼 불안정한 그의 모습을 노출시킨 채 막이 내리듯 소설은 마무리되고 만다. 클라망스는 진정 행복을 찾은 것일까?

다시, 클라망스의 행복과 전략

클라망스의 독백이 마무리되는 부분에서 우리는 난감함을 느낀다. 그가 하는 말이 도대체 진심인지, 진심인 체하는 조롱인지 가

늠하기 어렵기 때문이다. 이것은 카뮈의 《전락》을 다양하고 풍부하게 해석하도록 만드는 작품의 묘미이기도 하다.

먼저 클라망스라는 서술자를 신뢰하는 경우라면, 재판관 겸 참회자 전략이 그에게 행복을 담보하는 전략이라고 볼 수 있다. 알게 된 것을 모르는 상태로 바꿀 수는 없기 때문에, 그는 이전의 행복으로 돌아가지는 못한다. 하지만 대화자를 선택하여 인간의 죄에 대한 유사성을 자각하게 하고 참회하게 만듦으로써 그는 자신의 죄의식을 치유할 수 있다. 그렇지만 자신의 죄의식을 치유하기 위해서는 더 많은 인간의 참회가 필요하기 때문에 그는 대화를 멈출 수 없다. 하루의 만족을 얻은 후에 그는 또 다른 대화자를 찾아나서야 한다. 대화의 조각들로부터 얻게 되는 그의 행복은 온전한 것일 수 없다. 끊임없이 이어져야만 하는 굴레와 같은 행복을 선택한 그의 고백은, 따라서 마치 강한 절규같이 느껴지는 것이다.

> 행복하단 말입니다. 제가 행복하다는 걸 믿어주세요. 죽도록 행복하다니까요.

클라망스는 자신의 자아만을 사랑하기 때문에 구원에 이를 수 없었다. 그런데 그 자아는 스스로의 행복을 구성하지 못하고, 속죄하는 타인의 자아를 필요로 한다. 클라망스의 모습은 자기 중심성이라는 테두리 안에서 벗어나지 못하면서도 타자의 관심과 인정에 의지하여 살아가는 현대인의 모습을 대표한다고 할 수 있다.

만약 클라망스라는 서술자를 신뢰하지 않는 경우라면, 그의 재판관 겸 참회자 전략이 사실은 절망에 빠진 반어적 목소리라고 볼 수 있다. 클라망스라는 인물의 특이점 중 하나는 '거짓'에 민감하다는 것이다. 자신의 본모습과는 다른 페르소나를 꺼낼 때, 대부분의 사람들은 클라망스와 같이 자신이 진실하지 못함을 자책하며 괴로워하지 않는다. 또한 그는 타인보다 먼저 재판관의 역할을 선점하려고 하는데, 그 재판관의 자격을 얻기 위해 먼저 참회자를 자처한다. 자신은 모두 용서하되 타인을 심판하길 즐기는 보통 사람들과는 달리 그는 진실한 원칙을 굳건히 고수한다. 자신의 이중성을 발견한 클라망스가 보이는 광적인 행동, 특히 거짓에서 벗어나고자 하는 광적인 행동은 그가 '진실'이라는 가치를 얼마나 집요하게 추구하는지를 알게 한다. 그는 '웃음소리'와 '비명소리'로 상징되는 그 자신의 양심의 소리를 결코 외면하지 못하는 인간인 것이다.

따라서 진실의 인간 클라망스가 타인이 죄를 고백하는 것을 통해 자신의 죄가 감해졌음을 느끼고 만족감을 느꼈으리라 생각하기는 어렵다. 죽도록 행복하다는 그의 목소리는 절망으로 가득 차 있다. 그의 양심은 거짓된 자신을 외면하지 못한다. 만족으로 가득한 에덴동산에서 살던 자아의 왕 클라망스는 추방당했다. 그러나 중요한 것은, 그가 천상의 행복을 느꼈던 그곳으로 다시 돌아가지 않는다는 데 있다. 그는 분열되어 있는 인간과 세계의 모순에 드디어 진입해 들어왔다. 그는 이제 두 발을 현실에 디디며 모순의 한복판을 걸어갈 것이다. 이중적인 세상에서 그가 시지프와 같이 진실의 돌을 굴려 올릴지, 아니면 자기 기만적 참회-재판 놀이를 하게 될지는 모를 일이다. 다만 그가 진실의 인간이라는 점, 기만적 삶을 참지 못한다는 점을 기억한다면 카뮈가 이 작품의 제목을 '우리 시대의 영웅'이라 이름 붙이려 했던 이유를 알 수 있을 것이다.

생각할 거리

1. 장님을 도와주고서 그에게 고개 숙여 인사했다는 클라망스의 이야기는 우리 자신을 돌아보게 한다. 인간은 그럴싸한 겉모습을 위해 자기 자신을 거짓되게 포장하기도 한다. 자신에게 이런 경험이 있었다면 떠올려 보고, 거짓되고 이중적인 자신을 직면한 순간 어떤 느낌이 들었는지 생각해 보자.

2. 클라망스는 타인을 털끝까지 심판하면서도 자기 자신은 용서와 동정을 받고자 하는 인간의 속내를 지적한다. 참회하는 사람은 적고 타인의 재판관이 되고자 안달하는 세상에서 여러분은 어떤 태도를 취하고 있는가?

3. 《전락》은 의미를 해석하기 어려운 난해한 소설이다. 대화자와 이야기를 나누던 클라망스는 결국 행복을 찾은 것일까? 대화가 끝나고 집으로 돌아가는 클라망스의 내면에는 어떤 생각과 감정이 남아 있을지 상상해 보자.

칼리굴라

Caligula, 1944

피와 살육이 난무하는 잔혹극을 보다 보면 마치 나 자신이 쫓기는 것 같은 긴박감이 들며 험악한 상황을 가상으로 체험하게 된다. 또한 잔혹극의 과장된 불안과 공포는 그저 가상으로 존재하지 않고 우리의 일상과 연결된다. 가령 좀비 바이러스가 퍼진 도시에서는 가까웠던 이웃마저도 경계의 대상이 되고, 내가 살아남으려면 상대를 죽여야 하는 무한 경쟁이 펼쳐진다. 잔혹극은 평범한 일상에서 우리가 경험했던 상황들 중 두려움으로 남았던 것들을 극단으로 몰아가 펼쳐놓은 셈이다.

여기 카뮈가 펼쳐놓은 잔혹극이 있다. 무소불위의 황제 칼리굴라는 아들 앞에서 아버지를 살해하고, 아버지 앞에서 아들을 살해하고, 신하의 부인을 유곽에서 일하게 하고, 재산을 몰수하는 등 광인과 같은 행동을 서슴지 않는다. 그는 신을 자처하여, 아니 신보다 더 높이 올라가 세계를 파괴하고 해체하는 데 전력을 다한다. 칼리굴라는 역사적으로 실존했던 인물로, 정신병을 앓고 난 뒤 폭군으로 변한 황제이다. 카뮈는 그를 권력 그 자체를 조롱한 유일한 독재자였다고 설명한다. 권력이 주는 안온함에 머물지 않고 어떤 심오한 동기를 보이는 듯한 이 고대인을 카뮈는 눈여겨보고, 자신만의 새로운 칼리굴라로 재탄생시킨다. 고전 속 인물을 그대로 복원했다면 독자들은 〈칼리굴라〉를 먼 과거를 살았던 한 사람의 이야기로 받아들일 것이다. 하지만 카뮈는 그를 재가공하는 작업을 통해 심리적 거리를 좁히고 보편성을 획득하는 효과를 취한다. 카뮈의 옷을 입은 칼리굴라는 카뮈가 집필한 희곡 가운데 가장 큰 성공을 거둔 작품이자 지속적으로 성공을 거둔 작품이다.

〈칼리굴라〉의 전체 내용은 간단하다. 로마의 황제 칼리굴라는 사랑하는 아내이자 누이인 드루실라의 죽음으로 이 세계의 진리를 깨닫는다. 그 진리는 '인간은 모두 죽기 때문에 행복하지 못하다.'라는 것이다. 칼리굴라는 인간이 떠안고 있는 이러한 부당한 운명을 견딜 수 없어 한다. 나아가 자신들의 운명에 무심하게 반응하는 세상 사람들에게 역겨움을 느낀다. 그는 인식 능력이 부족한 세상 사람들에게 자신이 깨달은 진리를 인식시키고자 한다. 자신의 권력을 이용하여 온갖 종류의 부조리를 직접 행함으로써 사람들이 세상의 부조리를 깨닫게 하려 했다. 그가 행한 3년 동안의 폭정으로 두려움에 떨던 신하들은 더 이상 참을 수 없었다. 결국 칼리굴라는 그들의 칼을 맞고는 숨을 거둔다.

카뮈는 다양한 장르의 글을 창작했지만, 가장 애착을 가졌던 장르는 희곡이다. 그는 동료들과 공동으로 작업하며 연대의식을 느끼는 과정을 좋아했다. 또한 현실에서 비롯된 상상력이 담기는 연극은 작가에게 개인적으로 도움이 된다고 생각했다. 또한 세상이라는 무대에서 연기하는 가면 쓴 사람들보다 연극의 무대가 진실한 장소라는 생각을 가지고 있었다.

〈칼리굴라〉는 연극을 사랑했던 카뮈의 첫 번째 희곡 작품으로 《이방인》, 〈오해〉와 더불어 '부정'의 계열에 속하는 작품이다. 〈칼리굴라〉에는 부조리와 죽음 같은 그의 핵심 사상이 인물들의 행동과 대사를 통해 제시되고 있다. 지병으로 괴로워했던 카뮈, 사상적 변두리에서 정치적으로 고립되고 외면받았던 카뮈에게 '죽음'과 '부조리'는 그의 삶에 깊숙이 자리하고 있었을 것이다. 〈칼리굴라〉를 통해 그가 죽음과 부조리에 대해 어떤 이야기를 하고 싶은지, 그의 목소리를 따라가 보도록 하자.

칼리굴라의 논리

이 작품의 전체 흐름에서 가장 중심부에 놓이는 것은 칼리굴라의 '논리'라고 할 수 있다. 칼리굴라는 '더할 수 없이 훌륭한 분'이라는 평가를 받는 황제였으나, 누이의 죽음 이후 완전히 새로운 인물로 변모한다. 그가 성군에서 폭군으로 바뀐 것은 그가 깨달은 '논리'를 밀고 나갔기 때문이다.

> 내가 권력을 손에 쥔 이상, 나의 논리가 너희에게 얼마나 비싼 대가를 치르게 하는지 곧 알게 될 거야.

칼리굴라는 사랑했던 누이 드루실라가 죽고 나서 이 세상의 부조리를 깨닫는다. 여기에서 핵심은 사랑했던 사람이 떠나간 것이 아니고, 사랑했던 사람의 죽음을 체험한 것이다. 그는 로마 사람들이 자신이 변한 이유가 사랑을 잃었기 때문이라고 오해하는데, 자신이 진짜 고통스러운 것은 그런 시시한 이유 때문이 아니라고 말한다. 그의 고통은 언젠가는 죽음에 이르고 마는 인간의 부조리한 운명 때문이다.

그는 이전부터 '인간은 죽는다'는 사실을 알고 있었을 것이다. 다만 가까운 사람을 잃는 경험을 통해 죽음이라는 엄중한 운명이 더 절실하게 체험되었을 것이다. 또한 그는 인간이 죽을 수밖에 없다는 사실 그 자체보다는, 인간이 만들어놓은 제도나 가치가 죽음 앞에서 무의미해지는 점을 부조리하다고 느낀다. 사람들은 자신이 자유롭다고 착각하고는 세상의 의미와 가치를 찾으며 살아가는데, 이는 죽음이라는 엄중한 진실 앞에서는 모두 부질없으며, 따라서 사람들이 삶의 이유라고 이야기하는 것들은 모두 기만적인 것이 되어버리는 것이다.

이러한 부조리한 운명에 칼리굴라가 반항하는 방식은 '부조리로 맞서기'라고 할 수 있다. 그는 죽음을 보상해 줄 것이라고 인간들이 믿고 있는 가치들에 이의를 제기한다. 더 정확히 말하면, 그것들을 깨부순다. 이 세상의 질서를 파괴하고 해체하며 그가 추구하는 것은 '달'로 상징되는 영원한 가치이다.

> 지금 존재하는 세상은 견딜 수가 없어. 그래서 나는 달이 필요한 거야. 아니면 행복이, 아니면 불멸의 생명이. 어쩌면 미친 말같이 들리겠지만, 아무튼 이 세상의 것이 아닌 어떤 것이 필요한 거야.

유한한 이 세상에 반항하고 영원한 가치를 손에 얻기 위한 칼리굴라의 논리는 이제 시작되었다. 그는 만물의 질서를 바꿔놓으려 한다. '하늘과 바다를 한데 섞고, 추함과 아름다움을 혼합하고, 고통 속에서 웃음이 솟아나도록' 그는 세상의 변화를 그의 손으로 시작한다. 이것이 칼리굴라를 광기로 이끌게 된 그의 '논리'이다.

광기에 찬 칼리굴라의 눈에 부조리한 세상 다음으로 들어온 것은 부조리를 깨닫지 못한 인간이다. 그가 봤을 때 인간은 영원하지 못한 가치들을 영원할 것처럼 믿고 살아가는 허구적인 존재들이다. 칼리굴라는 그들이 품고 있는 무의미한 가치들을 파괴하고자 한다. 인간이 운명 앞에 나약하게 굴복하지 않고 운명을 명확히 직시하도록 교육하고자 한 것이다.

한 가지 멋진 생각이 떠올랐는데, 이건 꼭 제군들과 같이 나누고 싶어. 지금까지 내가 다스린 시대는 너무 행복하기만 했어. 페스트도 창궐하지 않았고, 잔인한 계율을 강요하는 종교도 출현하지 않았고, 심지어 쿠데타도 한번 일어나지 않았어. 다시 말해 제군들의 이름을 후세에 남길 만한 사건이 하나도 없었다는 거야. …… 내 말을 제대로 알아들었는지 모르겠군. (가볍게 미소를 띠며) 말하자면 내가 페스트의 역할을 대신하겠다는 거지.

그가 자신의 역할을 '페스트'라고 언급한 데에는 두 가지 의미가 있다고 할 수 있다. 페스트는 고통과 죽음을 불러오는 질병이면서 동시에 생태를 재생시키고 잊고 있던 소중한 가치를 환기하는 기능도 한다. 이에 따라 페스트를 자처한 칼리굴라는 무의미한 제도들을 파괴하며 세상의 질서를 재편하려 한다. 동시에 인간 내면에 있는 허구적 가치들을 파괴하고 한 치 앞을 내다볼 수 없는 공포심을 불러일으켜, 언제고 죽음을 맞이할 수 있는 삶의 부조리를 실제로 체험하도록 교육하려 했다.

칼리굴라는 이러한 '논리'를 행동으로 옮겨 끝까지 밀고 나간다. 하지만 칼리굴라를 지켜보는 독자들은 그의 논리를 심각한 비논리로 받아들이게 된다. 그는 부조리한 세상의 질서를 파괴하고자 하는데, 사실 칼리굴라 또한 세상에 속한 자가 아닌가. 따라서 그의 논리는 그 자신을 파괴하는 것으로 귀결되는 수순을 밟게 된다.

칼리굴라의 사람들

인간과 세계를 모두 파괴해 버릴 것 같은 칼리굴라에 대해 그와 가까운 인물들은 다양한 방식으로 반응한다. 작품에서 가장 주목되는 인물은 칼리굴라의 신하인 '케레아'이다. 다른 귀족들이 칼리굴라를 미치광이 취급할 때, 그는 칼리굴라의 마음을 이해하고 있다. 칼리굴라가 부조리한 운명이라는 속박을 거부하면서 해방된 기분을 맛보려 하고 있으며, 모든 사람들에게 생각하기를 강요하기 위해 불안을 조성하는 것임을 간파하고 있는 것이다. 그러나 케레아는 그를 이해는 하나 동의할 수는 없다고 말하며 선을 긋는다. 케레아는 부조리한 세상일지라도 살고 싶고 행복하고 싶다고 말하며, '세상에 다른 행위보다 더 아름다운 행위가 있다'는 것을 믿고 이를 변호해야 한다고 생각한다. 상호 양립이 불가능한 그들의 세계관은 팽팽히 맞서게 되고, 케레아는 칼리굴라의 관념을 물리칠 수밖에 없다. 그는 칼리굴라로부터 받은 모욕을 설욕하거나 개인의 이익을 위해서가 아니라 이 세상을 지키기 위해 칼리굴라를 살해한다. 케레아가 폭력을 폭력으로써 제압했다는 비난을 받기 어려운 것은, 그가 칼리굴라와 정면 대결을 했기 때문이다. 케레아는 그 자신의 목숨이 위태로워질 것을 알면서도 칼리굴라의 이념이 사회의 안전에 장애물이 된다고 경고하며 황제를 시해할 것을 알린다. 그들은 이념 대 이념으로 정면 대결을 한 것이며, 결국 칼리굴라는 자신의 논리가 잘못되었음을 인정하고 죽음을 받아들인다. 어쩌면 케레아가 칼리굴라의 몸에 꽂은 칼은 칼리굴라가 이미 자기 자신의 몸에 꽂은 칼이며, 그렇기에 칼리굴라는 자살을 선택한 것이라고 볼 수 있을 것이다.

케레아 다음으로 주목할 만한 인물은 시인 스키피오이다. 칼리굴라는 부조리를 인식하기 전까지만 해도 스키피오와 같이 예술을 사랑하던 사람이었다. 칼리굴라가 스키피오에게 '우리 두 사람이 같은 진실을 사랑하고 있기 때문'이라고 한 것에서 두 사람 사이의 내적 교감이 깊었음을 알 수 있다. 스키피오는 황제가 자신의 아버지를 살해했음에도 불구하고 그를 떠나지 않고 그의 심정을 이해하며, 그를 향한 애정을 끊어내지 못한다. 칼리굴라 또한 유독 스키피오에게 관대하게 대하며 그를 향한 애정을 드러낸다. 칼리굴라는 스키피오 내면에 있는 순수한 선의 세계를, 그것에 대한 애정과 향수를 마지막까지도 부정하기 어려웠던 것이다. 스키피오 또한 주어진 운명에 반항하는 칼리굴라의 고통에 공감하며, 부조리에 대항하는 인간에 대한 애정 어린 시선을 보여준다. 그러나 스키피오는 칼리굴라를 살해하기 위한 계획을 알면서도 그것을 제지하지도 않고 적극적으로 가담하지도 않는다. 이는 스키피오가 지닌 예술에 대한 순수한 마음을 강조함과 동시에, 부조리 앞에서 반항하지도 체념하지도 못하는 인간 유형을 보여주는 것이라 이해할 수 있다.

이 밖에도 칼리굴라의 충신으로 그와 함께 죽음을 맞이한 헬리콘, 이해할 수 없는 칼리굴라를 끝까지 조력하다가 죽음을 맞이한 케소니아 또한 부조리에 반응하는 다양한 인간상을 보여주는 인물이라고 할 수 있다.

연극, 칼리굴라

〈칼리굴라〉는 '연극'이라는 측면에서 세 가지 차원으로 나눌 수 있다. 먼저 '관객 앞에서 상연되는 것'이라는 가장 기본적인 차원의 연극이 있다. 다음으로 칼리굴라가 사람들을 교육하기 위해 자신의 관념을 연기하는 차원의 연극이 있다. 마지막으로 칼리굴라가 연극의 형식을 통해 극중에서 보여주는 연극이 있는데, 이를 '극중극'이라고 할 수 있다. 칼리굴라는 왜 연극하는 인간으로 등장하고 있으며, 극중극은 어떤 의미를 지니고 있을까?

> 젊은 스키피오: 오, 괴물 같은 사람! 이 끔찍한 괴물! 또 한 번 연극을 한 거군요. 지금 그건 연극이었죠, 네? 그래 이제 속이 시원합니까?
> 칼리굴라: 네 말도 일리가 있어. 연극을 한 거야.

스키피오는 변해버린 칼리굴라에게 지금까지 연극을 한 것이 아니냐고 묻는다. 칼리굴라는 자신의 광기 어린 행동이 연극이었음을 고백한다. 그가 사람들을 교육하기 위해 사용한 수단이 바로 연극이었던 것이다. 그는 케소니아와의 대화에서도 이제 그녀를 '가장 멋들어진 구경거리'로 초대하겠다고 말하며, 많은 구경꾼들이 필요하다면서 자신이 무언가를 보여주려는 뉘앙스를 풍긴다. 연극을 한다는 것은 말 그대로 자신이 아닌 다른 인물을 연기한다는 것이기에, 이로써 칼리굴라의 자아는 자연인 칼리굴라와 연극하는 칼리굴라로 분열된다. 그의 분열된 자아는 '거울'이라는 소재를 통해 상징적으로 드러난다.

칼리굴라가 거울 앞에 서는 장면은 총 네 번 나온다. 처음 거울을 본 칼리굴라는 알아들을 수 없는 말을 중얼거리고, 두 번째 거울을 본 칼리굴라는 자신의 얼굴을 향해 마치 타인을 향하듯 '칼리굴라!'라고 호명한다. 이후 두 번의 거울 장면에서 그는 자신의 생각을 독백으로 이어가는데, 독백의 주체인 자신을 '나'라고 지칭하지 않고 '너'라고 지칭함으로써 각성 전의 칼리굴라와 각성 후의 칼리굴라가 나뉘어 있음을 보여준다. 마지막에 그는 자신의 자유가 제대로 된 자유가 아님을 인정하며 거울을 깨뜨리는 행위를 통해 각성 후의 칼리굴라까지를 파괴하고 자신의 논리를 완성하려는 모습을 보인다.

연극하는 칼리굴라는 연기자가 또다시 연기한다는 점에서 카뮈가 드러내고자 했던 부조리를 표상한다. 연극은 과거에 있었던 인물이나 사건을 현재형으로 드러내는 장르이다. 하지만 〈칼리굴라〉는 과거의 인물이자 등장인물인 칼리굴라가 그 자신의 관념을 현재형으로 연기하는, 그러니까 '연기하는 등장인물을 연기하는' 방식을 취한다. 이러한 모호함은 카뮈가 말한 이 세계의 비합리성을 드러내는 장치라고 볼 수 있다. 또한 칼리굴라는 각성 후 자아와 각성 전 자아를 넘나들고 있는데, 이러한 그의 행동은 연기와 현실의 구분을 모호하게 만들며, 현실에서 그의 연기가 계속해서 뒤섞여 끝나지 않을 것 같은 느낌을 자아낸다. 작품 마지막에 칼리굴라는 '나는 아직 살아 있다!'라고 외치는데, 이 외침이 끝나지 않는 울림처럼 다가오는 것 또한 같은 맥락이라고 할 수 있다.

칼리굴라는 귀족들을 관객으로 불러모아 세 번의 극중극을 연다. 첫 번째 연극은 미의 여신인 비너스를 연기하며 스스로 신이 되었음을 선포하는 내용이다. 신을 구경거리라 칭하며 돈을 걷고, 모순된 의미를 지닌 단어들을 한데 묶어 조롱하는 기도문을 통해 칼리굴라는 신으로 상징되는 거대한 운명을 거부한다. 또한 관람객들을 살인할 것을 예고하며 경비병을 배치시키는 행위를 통해 자신이 인간의 죽음을 결정할 수 있음을 보여준다.

두 번째 연극은 무희로 변장한 칼리굴라가 대사 없이 우스꽝스러운 춤 동작을 그림자를 통해 보여준다. 고대부터 그림자는 '덧없음'을 상징하는 소재로 즐겨 사용되었다고 한다. 또한 인간과 영영 분리해 낼 수 없는 그림자의 특성은, 부조리한 운명에서 벗어날 수 없는 인간의 처지와 닮았다고 할 수 있다. 결국에는 죽음으로 귀결되는 덧없는 인간의 운명을 칼리굴라는 그림자 연극을 통해 가르치고 있는 것이다.

마지막으로 칼리굴라는 시인들을 불러 제한 시간 안에 '죽음'이라는 주제로 시를 짓게 하는 연극을 한다. 그는 호각을 불어 낭송을 시작하고 중단할 것을 요구하고는, 그 형편없는 글들을 핥아서 지워버릴 것을 요구한다. 작품을 대하는 그의 태도는 예술에 대한 모독으로 느껴진다. 칼리굴라는 '자신은 작품을 몸으로 살고 있다'고 말하며, 자신의 시는 곧 자기 자신의 삶이라고 이야기한다. 반면, 진정한 삶이 담기지 않은 시인들의 시에 대해서는 조롱함으로써 삶의 진정성과 실천이 담기지 않은 작품에 대해 비판한다. 그는 삶의 부조리를 담고 있지 않은 예술 또한 기만적인 위로와 희망에 불과하다고 말하고 있는 것이다.

이렇게 극중극은 작품 전체의 주제의식과 서로 의미를 주고받으며 카뮈가 말하고자 하는 바를 드러내고 있다고 볼 수 있다.

잔혹극이 우리에게 말해주는 것

부조리에 대항한 잔혹극이 막을 내렸다. 연극을 통해 세상을 가르치려던 칼리굴라의 교육은 성공했을까? 그는 황제라는 권위를 휘

두르며 삶에 도사리고 있는 죽음에 대해 일깨워주고자 했으나, 귀족들이 깨달은 것은 미치광이 칼리굴라를 두려워하거나 증오하는 마음뿐이었다. 칼리굴라는 죽음에 대해 교육하려던 대상에 의해 죽음이라는 결과를 되돌려 받는다. 그러나 그의 교육이 완전한 실패가 아닌 것은, 그들이 칼리굴라라는 부조리에 대항하여 반항했다는 점이다. 귀족들과의 식사 자리에서 칼리굴라가 난폭하게 굴 때 겁에 질려 꼭두각시처럼 행동했던 때와 비교하면 커다란 변화를 보인 것이다. 또한 칼리굴라의 죽음은 칼리굴라 자신이 미리 예견했다는 점에서 그의 선택이라고 볼 수도 있다. 그는 자신이 가야 할 길로 가지 않았으니 아무것도 이루지 못했다고 고백하며 자신의 실패를 인정하고 죽음을 받아들인다. 그는 자신의 모든 것을 소진하여 '달'을 따려는 불가능한 도전을 시작했고, 부조리한 세상을 파괴하려는 자신의 논리에 따라 그 자신 또한 파괴하며 자신의 뜻을 완성한 것이다.

부조리를 연기하는 칼리굴라의 모습을 가만히 들여다보면, 그 누구보다 열정적이지만 동시에 상처 입은 사람의 모습이 보인다. 칼리굴라는 자신이 죽는다는 사실을 거부하고 영원히 살고자 했던 사람이 아니다. 그가 거부하고자 했던 것은 죽음으로 인해 무의미해지는 삶의 의미였고, 이를 역으로 생각하면 그는 누구보다 뜨겁게 삶의 진정한 의미를 찾고자 했던 사람이었다. 칼에 찔려 절규하는 잔혹한 황제 칼리굴라에게 우리가 연민을 느끼는 까닭은, 삶을 뜨겁게 사랑했지만 삶의 모순 속에서 그 균형을 찾지 못한 채 까맣게 타버린 비극의 냄새를 맡을 수 있기 때문이 아닐까.

우리는 지금까지 〈칼리굴라〉를 통해 부조리를 깨달은 인간이 반항하는 과정을 살펴보았다. 죽음이라는 확실한 운명을 직시한 인간은 자신의 삶이 임시적인 가치에 얽매여 자유롭지 못했음을 깨닫게 된다. 자신에게 확실하게 남겨진 것은 죽음뿐임을 인지한 인간은 세상의 질서에 자신을 맡기기를 거부한다. 나아가 칼리굴라와 같이 무한한 자유를 추구하려는 유혹에 빠질 수도 있다. 하지만 카뮈는 〈칼리굴라〉 속 귀족들과 같이 운명에 체념하는 것도, 칼리굴라와 같이 그것을 극복하려는 희망을 갖는 것도 거부한다. 중요한 것은 부조리와 삶의 열정이 팽팽한 균형을 유지하는 것이기 때문이다. 카뮈가 그의 여러 저서에서 강조한 '한계'란 이런 맥락에서 사용될 때 적합하다. 부조리 인간은 힘의 우위로 부조리를 제압하거나 거짓된 희망 속에 숨는 인간이 아니라, 삶과 운명의 균형을 맞추며 반항하는 인간이다. 균형에는 한계를 수용하는 절제의 미덕이 필요한 것이다.

〈칼리굴라〉를 시대적 상황에 비추어 볼 때, 많은 이들이 칼리굴라의 얼굴에서 히틀러의 얼굴을 떠올릴 것이다. 작품을 시대적 상황에 끼워 맞추는 것은 곤란한 일이지만, 히틀러로 상징되는 '관념이 저지르는 폭력'이 오늘날에도 그 모습을 드러낼 때가 있다. 계몽이라는 명분으로, 고귀한 가치라는 이름으로 한계를 두지 않고 인간을 착취하고 희생시키려 드는 잔혹한 드라마에서 우리는 칼리굴라의 얼굴을 볼 수 있어야 한다. 그리고 그 거울을 깨뜨릴 준비가 되어야 할 것이다.

생각할 거리

1. 칼리굴라는 '달'이라는 영원한 가치를 추구했지만, 결국 그것을 소유하지 못하고 광기 어린 부조리의 신으로 변모하게 된다. 부조리한 인생의 덧없음과 무의미에 빠진 칼리굴라에게 진정으로 필요했던 것은 무엇일까? 드루실라를 잃은 칼리굴라에게 말해주고 싶은 것이 있다면 무엇인가?

2. 부조리한 세상을 극복하겠다는 목표로 폭력을 정당화하는 칼리굴라 같은 사람들이 현재를 살아가는 우리 곁에도 여전히 존재한다. 자신이 생각하는 현실의 칼리굴라는 누구(무엇)인가?

3. 칼리굴라에 맞서는 케레아는 세상 어떤 행위보다 더 아름답고 가치 있는 행위가 있다고 주장한다. 모든 것은 다 똑같다는 칼리굴라에게 맞서서 여러분이 주장하고 싶은 인생의 가치는 무엇인가?

오해

Le Malentendu, 1943

《이방인》으로 시작한 우리의 여정을 〈오해〉로 끝맺는 것은 이 두 작품의 유사성을 통해 수미상관의 균형을 부여하고자 함이다. 《이방인》의 뫼르소는 위장하지 못하는 인물이다. 그는 사회의 연극을 따르지 않고 맨얼굴을 드러내어 오해를 받고 죽임을 당한다. 이에 반해 〈오해〉의 인물들은 위장하는 인물들이다. 그들은 진실을 숨긴 채 위장된 언어를 사용하여 서로 오해하고 죽음을 맞이한다. 오해를 통해 죽음을 맞이한다는 점에서 유사하지만, 그 원인이 정반대에 있다는 점에서 두 작품은 대조적이기도 하다.

또한 우리는 《이방인》의 한구석에서 〈오해〉의 줄거리를 만날 수 있다. 뫼르소는 감옥에 수감된 뒤 침대 판자 사이에서 한 사내에 대한 이야기를 담은 옛 신문 조각을 발견한다. 신문에 실린 이야기는 이러하다.

체코의 어떤 마을 출신의 사내가 고향을 떠나 돈벌이를 하러 간다.

25년이 지나 부자가 된 사내는 아내와 어린 자녀를 데리고 그의 어머니와 누이가 기다리는 고향 마을에 돌아온다. 어머니와 누이는 여관을 운영하고 있었는데, 그들은 사내를 알아보지 못한다. 사내는 그들을 놀라게 해줄 작정으로 정체를 숨긴 채 방을 잡고 자기가 가지고 있는 돈을 슬쩍 보여준다. 어머니와 누이는 밤중에 그를 망치로 때려죽이고 돈을 훔친 뒤 시체를 강물에 던져버린다. 아침이 되어 사내의 아내가 나타나 그의 신분을 밝히게 된다. 어머니는 목을 매고 누이는 우물 속에 몸을 던진다.

신문에 실린 이야기에서, 손님을 망치로 때려죽이는 것이나 사내에게 아이가 있었다는 설정을 제외하고는 〈오해〉의 줄거리와 다를 바가 없다. 뫼르소는 신문 기사를 읽고 사내에게도 책임이 있다고 생각한다. 또한 플레이아드판 카뮈 전집에 실린 서문에서 카뮈는 '사람이 타인에게 올바르게 인식되기를 바란다면 자기가 누구인지를 솔직히 말해야 한다.'라고 말하며, 어머니와 누이의 살인뿐 아니라 사내의 장난에 대해서도 문제를 제기한다. 〈오해〉는 단순히 직계존속에 의해 피해자가 희생된 사건으로 보기에는 다소 복잡하고 난해한 이야기라고 할 수 있다.

카뮈는 이 작품이 '정직함의 윤리'를 담고 있다고 말하기도 하고, 진정성이 담긴 올바른 말이 사람들을 구할 수 있다는 교훈을 이끌어낼 수 있다고 말하기도 한다. 결국 〈오해〉는 '말, 대화, 소통'에 대한 카뮈의 생각이 그 핵심을 이루고 있는 것이다. 우리가 기억하는 속담이나 격언 가운데 유독 '말'과 관련된 내용이 많은 것은 우연이 아닐 것이다. '태초에 말씀이 있었다.'라는 성경의 구절처럼, 세상 만물이 움직이는 최초의 원인이자 시작은 '말'이 아닐까 싶다. 〈오해〉를 통해 우리의 인생에서 그 엄중한 무게를 감당해야 하는 '말'에 대한 카뮈의 이야기를 들어보자.

행복에 도달하기 위하여

〈오해〉에 나오는 인물들은 저마다 각기 다른 행복의 모습을 그리고 욕망한다. 얀의 누이이자 보헤미아에서 여관을 운영하고 있는 마르타는 어머니와 함께 여관에 들르는 손님들을 살해하고 그들의 돈을 챙겨 살아간다. 그녀는 돈을 모아 1년 내내 비만 내리는 우중충하고 가난한 마을을 떠나고 싶어 한다. 그녀가 어둠으로 가득한 마을을 떠나 향하고 싶은 곳은 태양이 불타는 나라이며, 그곳은 지긋지긋한 영혼을 떠안지 않아도 되는 나라이다. 마르타의 욕망은 어딘지 불분명한 면이 있는데, 이는 그녀가 긍정하는 세계를 욕망하는 것이 아니라 부정하는 세계를 피하는 쪽으로 욕망이 설정되었기 때문이다. 그녀는 사람을 살해한 자신의 행위가 냉혹하다고 생각하지 않는다. 살인보다 냉혹한 것은 인생이기 때문이다.

자신이 저지르는 살인보다 삶이 더 가혹한 것이며, 죽임을 당한 사람은 그러한 삶에서 벗어났기 때문에 고통을 덜 받게 되었다고 말한다. 무자비해 보이는 그녀의 말은 그녀가 절망과 고통으로 오랜 시간을 보냈음을 알게 한다.

마르타: 언젠가 수문 청소하는 걸 구경하던 날, 어머니는 제게 말씀하셨죠, 우리가 해치운 사람들이 고통을 가장 덜 받는다고요. 그리고 우리보다 인생이 더 가혹한 것이라고요. 자, 힘을 내세요! 어머니도 이제 쉴 수 있게 되고 드디어 우리는 여기서 벗어나게 되는 거예요.

마르타의 어머니는 무엇보다 강렬하게 휴식을 갈망한다. 그녀 또한 마르타와 함께 고난에 찬 삶을 살았을 것이기에, 사람을 죽이는 일에서 벗어나 그것을 잊고 영혼의 휴식을 누리고자 한다. 그런데 그녀의 휴식에 대한 욕망 뒤에는 아들에 대한 그리움과 사랑이 있다. 아마 그녀는 아들을 떠나보낸 뒤 무의미한 삶을 살아가다가, 죽은 아들의 존재를 확인한 후에야 자신의 존재를 가득 채우고 있던 아들에 대한 사랑을 깨달았을 것이다.

어머니: 그랬었지. 그러나 지금에 와서 깨달은 거지만, 그건 잘못된 생각이었다. 어느 것 하나 확실한 것이 없는 이 땅 위에서도 우리에겐 우리의 확신이 있다는 것을 깨달았다. (고통스러운 듯이) 아들에 대한

어머니의 사랑이 지금 나의 확신이다.

마르타의 오빠인 얀은 욕망과 의무가 복잡하게 섞여 있는 모습을 보인다. 그는 사랑하는 아내와 함께 행복을 누리지만, 자신에게는 꼭 지켜야 하는 맹세가 하나 더 있다고 말한다. 그 맹세는 어머니와 누이를 행복하게 만드는 것이다. 그런데 얀은 어머니와 누이를 찾아가 자신의 정체를 밝히지 않은 채 그들이 자신을 알아보는지, 그리고 자신을 필요로 하는지를 알아보려 한다. 이러한 그의 행동은 어머니와 누이를 행복하게 만들고자 하는 그의 욕망 안에 더 심층적인 욕망이 있음을 의심하게 한다. 그는 성경 속 돌아온 탕자와 같이, 고향으로 돌아온 자신이 가족으로부터 환대받기를 욕망하고 있으며, 어머니와 누이를 행복하게 만드는 자신 스스로 도덕적 만족감을 느끼기를 원하고 있다. 하지만 그는 자신의 내면에서 갈망하는 욕구를 오해하고 있었던 것이다.

각자의 욕망을 지닌 세 인물은 욕망을 충족시켜 행복에 이르기 위해 '위장하는 말'이라는 도구를 쓴다. 마르타와 어머니는 여관에 오는 손님을 죽이고 돈을 갈취해야 그들의 욕망을 이룰 수 있다. 따라서 그들은 손님을 죽음으로 이끌고자 하는 그들의 욕구를 여관 주인의 말로 위장하여 목적을 달성하고자 한다. 얀 역시 어머니와 누이가 자신을 알아보고 환대해 주기를 바라는 욕구를 낯선 여행객의 말로 위장하여 목적을 달성하고자 한다. 행복이라는 목적을 달성하기 위해 기만 전술을 사용하는 인물들은 서로 속고 속이며 위태로운 대화를 이어간다. 그들은 과연 자신들이 목적한 행복에 이를 수 있을 것인가?

위장된 말하기

앞서 언급한 것처럼, 마르타와 어머니와 얀은 위장된 말하기 방식을 사용한다. 먼저 모녀의 대화를 살펴보면, 그들은 범죄를 함께 저지르는 공모자들로 범죄를 통해 하나로 묶여 있는 관계라고 할 수 있다. 그들이 함께 범죄를 저지르는 이유는 돈을 모아 그들이 욕망하는 곳으로 떠나기 위해서이다. 그들은 같은 목적을 향해 움직이는 것같이 보이지만, 사실 둘이 욕망하는 것은 전혀 다르다. 마르타는 태양이 모든 것을 삼키는 나라로 떠나 지긋지긋한 영혼을 잊고 살아가기를 원한다. 이에 반해 어머니는 고단한 삶에서 벗어나 영혼이 휴식을 누리며 살기를 원한다. 서로 다른 욕망을 지닌 이들이 서로가 같은 것을 원한다고 오해하는 것은 그들의 위장된 말하기 때문이다. 그들은 자신들이 직접 사람을 죽이는 것이 아니라 잠이 든 사람을 강으로 떠메고 가 슬쩍 떠밀어 준 것이라고 말한다. 또한 그들의 행위로써 피해자들이 가혹한 인생에서 벗어나 고통을 당하지 않게 되었다고 여긴다. 그들은 돈을 빼앗기 위해 살인을 저질렀다는 진실을, 삶이라는 고통에서 건져줬다는 위장된 말로써 덮어버린 것이다. 이러한 위장된 말하기는 서로의 욕구에 관심을 갖기보다는 욕구를 달성하기 위한 수단을 정당화하는 데 급급하게 만들어 서로를 오해하게 만든다.

이 작품에서 위장된 말하기가 절정에 이르는 부분은 손님으로 방문한 얀과 모녀가 함께 대화하는 장면이다. 얀은 손님 행세를 하며 '여관에 들어서니 마치 내 집에 돌아온 것 같은 기분'이라고 말하거나, 그들에게 아들이 있어서 그가 힘이 되어주었으면 어땠을지를 묻기도 한다. 얀은 자신의 고향이자 자신의 집에 돌아온 것이고, 그들에게 힘이 돼주기 위한 아들의 모습으로 등장한 것이 진실이다. 하지만 그는 그 진실을 낯선 손님의 말로 위장한다.

> 얀: 이곳에 오니, 뭐라고 할까요, 마치 내 집에 돌아온 것 같은 기분입니다. …… 어느 한곳에 머무르려면 그만한 이유가 있어야 하지 않겠습니까? 우정이라든가, 어떤 사람들에 대한 애정이라든가 하는. …… 누군가 힘을 빌려주는 사람이 있었다면, 든든한 의지가 되어주는 남자라도 있었다면, 아마 삶이 좀 달라졌겠죠. …… 가령 말입니다, 아들이 있어서 그가 힘이 되어주었다면 그 아들을 잊지는 않으셨겠죠?

진실을 기만한 얀에게 돌아오는 것은 차가우리만치 냉정한 마르타의 말이다. 마르타는 '여기서는 친밀감 비슷한 것은 아예 기대하지 않는 것이 좋다'며 얀에게 선을 긋는다. 자신을 알아봐 주기를 바라며 기만 전술을 펼친 얀에게 돌아온 것은 냉정한 응답뿐이었다. 마르타와 어머니 또한 얀에게 위장된 말하기를 사용한다.

> 마르타: 하지만 제게는 그리 헛된 시간은 아니었습니다. 제 마음속에서 잠자고 있던 욕망을 깨우쳐주셨으니까요. 손님께서 이 여관에 꼭 묵고 싶었다는 것이 사실이라면 손님은 모르는 사이에 목적을 달성했다고 할 수 있어요. 사실 저는 그만 나가달라고 말씀드리고 싶은 심정으로 왔었는데, 보시다시피 저의 인간다운 면에 호소하셨기 때문에 지금은 오히려 머물러주기를 바라고 싶은 마음이 되었어요. 바다와 태양의 나라에 이끌리는 저의 열망을 생각해서도 머물러주시는 쪽이 더 좋겠습니다.

마르타는 다른 손님들과는 다르게 구는 얀이 여관을 떠나기를 바랐다고 말한다. 하지만 얀이 자신의 인간다움을 인정해 준 사실 때문에 그가 여관에 머무르도록 자신의 결심을 바꾸었다고 말한다. 사실 마르타가 마음을 바꾼 것은 얀이 살고 있는 바다와 태양의 마을에 대한 이야기를 들었기 때문이다. 그 이야기가 마르타 내면에 들끓고 있던 욕망을 다시금 떠올리게 만들었고, 얀을 머무르게 하여 살해할 마음을 품게 한 것이다. 하지만 마르타는 자신의 인간다운 면을 봐준 것이 그를 머무르게 만든 이유라고 진실을 위장한다.

위장된 그들의 대화 속에서 가끔은 거짓의 막이 벗겨지는 순간도 있다. 그렇지만 그들은 진실의 뉘앙스를 알아채지 못한다. 거짓을 말하는 입은 진실을 듣는 귀마저도 작동하지 못하게 만들어버리는 것이다. 결국 그들의 대화는 말하기와 듣기 모두가 그 기능을 제대로 못 하고 있으며, 진정한 소통이 이루어질 수 없는 상태라고 볼 수 있다.

위장된 대화를 사용하는 인물이 하나 더 있다. 바로 늙은 하인이다. 늙은 하인은 대사가 거의 없고, 무대 위에 조용히 등장하여 인물들을 지켜볼 뿐이다. 또한 얀이 살해되기 전 그들이 서로의 정체를 확인할 수 있는 기회를 박탈하고, 모든 비극이 일어난 후에야 진실을 폭로하는 인물이다. 늘 결정적인 순간에 우연히 나타나는 그는 마치 모든 것을 알고 운명을 결정 내리는 신과 같은 역할을 한다. 그는 모든 진실을 알고 있다. 하지만 그는 침묵이라는 형식으로 사건의 진실을 위장하고 있다. 그의 위장된 말하기로 인해 인물들은 행복으로 가는 길을 차단당하고 만다. 하지만 인물들이 비극에 빠진 원인을 늙은 하인 때문이라고 할 수 없는 까닭은, 진실을 감추고 서로를 기만한 인물들의 말로 인해 모든 것이 시작되었기 때문이다. 그들을 죽음으로 이끈 결정적 가해자는 얀도, 마르타도, 어머니도, 늙은 하인도 아닌 그들의 '거짓말'이라고 보는 것이 가장 정확한 판결일 것이다.

진정한 소통은 어떻게 가능한가

위장한다는 것은 감추고 싶은 무언가가 있다는 것이다. 무언가를 감추는 이유는 그것이 드러나는 것이 두렵기 때문이다. 〈오해〉에 나오는 인물들 또한 자신들이 지닌 두려움을 감추기 위한 방어기제로써 위장된 말하기를 사용한다.

> 얀: 아, 또다시 그 해묵은 불안감이 이내 내 몸 깊숙한 곳으로 파고드는구나. 마치 몸을 조금만 움직여도 금방 쓰려오는 몹쓸 상처 같아. 난 그것의 정체를 알고 있지. 영원한 고독에 대한 두려움, 혹은 대답을 못 찾는 것은 아닐까 하는 마음의 공포. 도대체 누가 여관 방에서 대답을 해준다는 말인가?

얀이 가장 두려워하는 것은 '영원한 고독'이다. 그는 어린 소년이었을 때 아버지를 잃고, 누이와 어머니를 책임지기 위해 고향과 멀리 떨어진 낯선 곳에서 홀로 살아가야 했다. 가족과 헤어져 지낸 20년의 세월 동안, 그에게 고독은 두려우리만치 고통스러운 감정이었을 것이다. 또한 그가 기억하는 어머니는 그에게 키스도 해주지 않았을 정도로 사랑에 인색한 사람이었다. 그렇기 때문에 얀은 자신이 가족 앞에 나타났을 때 환대받을 수 있을지 의문이 들었을 것이다. 만약 가족에게서 외면받는다면 그가 느낄 고독은 20년간 겪었던 고독보다 더 감당하기 어려웠을 것이다. 20년 만에 가족을 만나러 가는 그가 가족을 '보고 싶다'고 하지 않고 '그들을 행복하게 해줄 것이다.'라고 말하는 것 또한 버림받지 않기 위한 그의 여린 마음에서 나온 말일 것이다. 그는 낯선 방문객으로 위장한 말을 통해 버림받을 것을 두려워하는 왜소한 자기 자신을 숨기고 있는 것이다.

마르타는 어머니와 함께 생존을 위해 고군분투하는 삶을 살았다. 그녀의 두려움은 어머니의 사랑을 잃는 것이다. 아들을 떠나보낸 뒤 상실감에 빠져 무심한 태도로 살아가는 어머니. 마르타는 그런 어머니의 사랑에 목말라 있으며, 그 사랑을 잃지 않기 위해 가장의 역할을 해낸다. 그녀는 마을을 떠나려는 목표를 세우고, 이를 달성하기 위한 범행을 계획하며, 철저하게 실행에 옮긴다. 어머니의 사랑을 잃을까 두려워하는 마음이 여관에 숙박하는 손님을 속이는 위장된 말하기를 하게 만든 것이다.

얀과 마르타는 두려움을 가리는 방식을 통해 자신들이 원하는 행복에 도달할 것을 기대했지만, 그들의 기만적 대화는 결국 그들 모두를 파멸로 이끈다. 위장된 말하기는 두려움을 극복하여 행복에 도달하기 위한 수단이 될 수 없으며, 그 거짓에 대한 책임은 오롯이 거짓을 말한 사람의 몫으로 돌아간다.

그런데 얀과 마르타가 유일하게 진실된 대화를 하는 장면이 있다. 얀이 자신이 살던 아름다운 마을에 대해 설명하는 장면이다. 얀은 그녀 앞에 가만히 앉는다. 그녀와 눈을 맞추고 거짓 없는 대화를 이어간다. 또한 얀은 마르타를 호기심에 가득 찬 눈으로 바라보기 시작한다. 마르타의 말을 경청하며 그녀의 존재 자체에 대한 관심을 가지고 대화를 하려는 것이다. 비록 마르타의 거부로 인해 대화는 끝이 났지만, 카뮈는 이 보석 같은 장면을 통해 그들 사이에서 이루어졌던 진정한 대화의 가능성을 보여주고 있다.

자신의 가족을 만나러 가는 얀에게 그의 아내인 마리아는 솔직하고 정확한 언어를 쓸 것을 조언한다. 그녀가 조언하는 솔직하고 정확한 언어는 간단하다. 어머니와 누이 앞에서 '저예요!'라고 말하는 것이다. 진정한 소통에는 복잡한 법칙이나 고도의 지적 능력이 필요하지 않다. 눈을 맞추고 서로의 존재를 바라보며 '저예요!' 라고 말하는 것. 진실을 위장하지 않고 자신의 말에 대한 책임을 지는 것. 그것이면 충분하다.

생각할 거리

1. 두려움을 감추기 위해, 혹은 더 행복해지기 위해 우리는 위장된 말하기 전략을 사용하기도 한다. 그런 경험이 있는지 떠올려보고, <오해> 속 인물들 가운데 누구의 말하기와 닮았는지 생각해 보자.

2. 얀은 자신이 떠나기로 결정한 것이 섭섭하다고 말하는 어머니의 말에 가슴 벅찬 기쁨을 느낀다. 얀이 진정으로 듣고 싶어 했던 말이 바로 자신에 대한 애정의 말이었기 때문이다. 거짓으로 가득한 얀, 마르타, 어머니의 대화를 그들이 진정으로 듣고 싶고 말하고 싶었던 대화로 재구성해 보자.

3. <오해>는 말이 주인공인 희곡이다. 인물들의 말이 사건의 원인이자 사건 그 자체가 되는 상황에서, 늙은 하인은 아무 말도 하지 않고 있다. 비중은 적지만 존재감은 큰 늙은 하인에 대한 해석은 다양하다. 여러분은 늙은 하인이 상징하는 것이 무엇이라고 생각하는가?

세계문학을 읽다 2

알베르 카뮈를 읽다

1판 1쇄 발행일 2022년 8월 12일

지은이 박윤선

발행인 김학원
발행처 (주)휴머니스트출판그룹
출판등록 제313-2007-000007호(2007년 1월 5일)
주소 (03991) 서울시 마포구 동교로23길 76(연남동)
전화 02-335-4422 **팩스** 02-334-3427
저자·독자 서비스 humanist@humanistbooks.com
홈페이지 www.humanistbooks.com
유튜브 youtube.com/user/humanistma **포스트** post.naver.com/hmcv
페이스북 facebook.com/hmcv2001 **인스타그램** @humanist_insta

편집책임 문성환 **편집** 윤무재 **디자인** 이수빈
용지 화인페이퍼 **인쇄** 정민문화사 **제본** 정민문화사

ISBN 979-11-6080-882-7 44800
979-11-6080-836-0 (세트)